U0500762

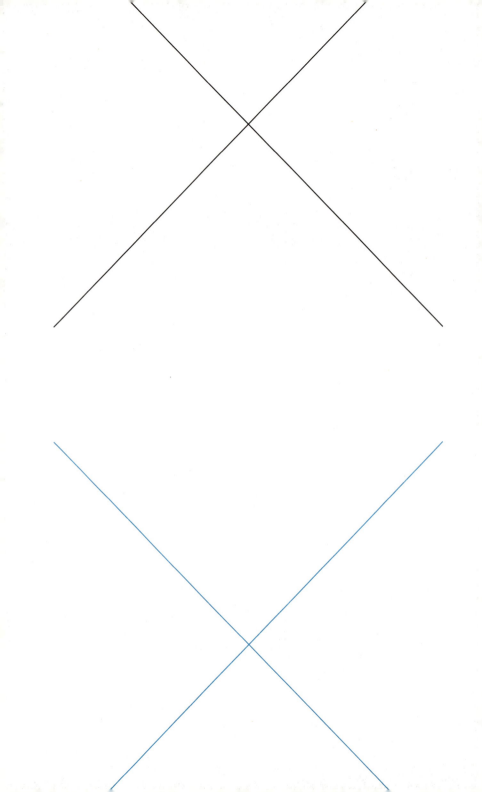

黑镜森林

朱苑清 著

北京日报出版社

朱苑清

1983年生。江苏南京人。毕业于韩国东国大学电影文学系，电影制作硕士。留学期间获韩国电影文学创作基金。著有长篇小说《被太阳晒热》《贝贝——一只狗的传奇》等。

人性，是夜黑镜下的一座森林。

致所有被框束的灵魂。

目 录

第一章　镜中……………1

第二章　预言…………91

第三章　谜踪…………127

第四章　在密林………165

终　章　且听风吟……185

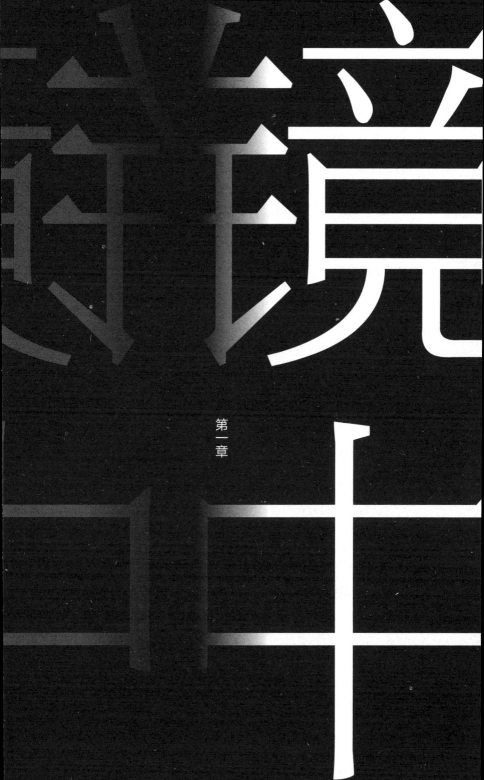

第一章

如果我没有记错的话，今天是星期六。早晨 7:25，筱英把我从睡梦中叫醒，要我和她去一个叫布洛湾的地方。我看着她的眼睛，冥冥之中感到她会死于这趟出行。

　　"现在出发，也许不需要过夜！"她眼睛一亮，这个心血来潮的主意令她显得异常兴奋。

　　我倚在床前，抽出一根烟，点燃它。在早晨枯白而昏重的阳光下，烟气吃力地悬浮片刻后逐渐消散。空气里弥漫的，依旧是我熟悉的、城市里独有的、夹杂着灰尘与油烟的气味。我沉浸在筱英将死的预感里，这份隐隐的预感一点点剥开了我的嗅觉，一股酸涩的苦杏仁味钻进了我的鼻根深处，冉冉爆开后，又蔓延至喉头，像是死亡的气味。它们源源不断地向我大脑皮层某处未知的局域散布，像是不停地在向我发出提醒的讯号。

　　"我们什么都没准备……"我居然没有阻止她。

　　她不以为然地对我笑了笑。

　　恰在这时，窗沿边飞来了一只鸟。这只鸟脑袋小，眼睛大，它弓身低头的姿势看起来异常古怪，而且头顶处还秃掉一块，露出一层凸起的、布满细小疙瘩的黄痂皮。它的躯干、背部遍布着斑驳的黑白杂色斑点，这些斑点在稠密的羽毛间显得细小而密集，无序地排列着，仿佛浑身爬满了虱子一般。

它正在用一种冷森森的眼神逼视着我。

"什么都不需要，两个多小时车程就到了！"话音未落，筱英便凑过来把手机里存着的一张张图片翻给我看，"你看，景色多美！明天咱俩正好又都不上班，就算玩晚一点回来也没事。"

我避开了鸟的目光，看了看墙壁上的挂钟。

7:30。

"可我们怎么去？"我随口一问。

"小区门口有趟班车，8:00 会准时出发！现在正好来得及！"

"奇怪，你怎么知道得这么清楚？"

"我早就了解过，只是没来及和你说罢了。"她笑了笑道。

我心不在焉地"哦"了一声。那只该死的鸟还在盯着我。

"看来你是打定主意了。"我说。

"那是当然！"她欣然道。

正这时，我看见鸟突然扑扇了几下翅膀，紧跟着喉间发出一声暗哑混合尖厉的古怪嘶鸣。嘶叫时，它的腹部深深瘪陷进去，胸腔里像被塞进一枚鸡蛋而结结实实地鼓了起来。它瞪着我，嘴张得很大，像是想把我一口吞下似的。

"你赶紧起床，我这就去收拾东西，咱们马上出发！"

筱英没有给我答话的机会便兴冲冲地收拾去了。就在她转身关门的一刹那，那只鸟也跟着挥动起翅膀来。它用力蹬离地面的那一刻，锋利的爪子呈现出一股咄咄逼人的狠劲。它又看了我一眼，然后像个窃取到情报的敌特般转眼又神秘地消失不见了。也正因此，我感到这家伙像是看穿了我的心思，会把我心里的那点秘密给偷偷泄露出去。

这是个星期六的早晨，本来，它只会是一个与以往没有什么不同的星期六。我不用上班，通常可以好好睡个懒觉，壮壮在前一天下午照例被送到了奶奶家度周末。这样，我便可以清静一天。但说到底，无非就是能够多刷一会儿手机看看小视频，做些无关紧要的事。然后，依常我等筱英把饭做好，吃饭、发呆、等天黑，待到晚上和她进行一次例行公事的做爱，这几乎是我婚后长久以来不曾改变的生活作息。但今天，一切好像注定将会变得不同，我答应陪筱英去距离我们有两个多小时车程的布洛湾旅游，我预感到她会死于这趟出行，我不知道为什么明明有这种不祥的预感却没有一丝想要阻止她去的念头，而且最不可思议的是，我竟然没有感到不安或者恐惧，我平静的应诺一如往常答应她饭后到楼下散步一样，亦无所谓，好像她的安危乃至于死活，对我来说根本无关痛痒。可仔细想想，作为丈夫，对于即便是想象中妻子可能会遭遇意外并不感到恐慌，这也足以让我觉得自己是个冷漠的怪咖。当觉察到这一点后，我方才隐隐感到一丝丝不安。不过，也只是负疚似的良心不安，而非因为担心失去她而产生惶恐。所以，找出一个简单自洽的理由，也许正是我为自己制备的一剂缓解心情的解药——我暗暗告诉自己，筱英会死于这趟出行的预感，只是我头脑中一闪而过的一个奇怪的念头而已，为这种莫名其妙的想法背负任何良心不安都是多余的，而这个方法果然十分奏效，它使我微微泛起波澜的情绪很快得以慢慢放松下来。

筱英收拾停当后，换了一条鲜绿色的连衣裙重新出现在我的面前。

她的样子和先前穿着睡衣的模样大不一样，我猜她化过妆，不然她的眼眸不会看上去比先前明亮，嘴唇也不会显出水亮的珊瑚色。再就是，她的皮肤看上去也变白皙了不少，腮颊两侧红扑扑的。我不知道是不是因为从没见她穿过这条裙子，还是她化了妆的原因，我对她的感觉忽然变得有些陌生，这种感觉仿佛在我们之间蒙上了一层迷雾。这层迷雾让我产生了通常只在观察其他夫妻时才会有的那种不着边际的猜想。比如，我会猜想他们各自的职业、收入状况、兴趣爱好、家庭生活，乃至性生活的和谐程度，方方面面，无所不包。可现在，当我像在遐想别人时那样，想我和筱英之间的林林总总时，却像一名突发间歇性失忆症的病患，越是绞尽脑汁，脑屏幕越是被固锁在一片空白状态里，甚至是我和她最日常的生活片段，我也都想不大起来。所以，无论如何，我想在这里有必要补充一下当时可能被我遗忘的，关乎我个人生活里那些琐碎又无聊的日常内容。

我是一家社区储蓄所的柜员。我的生活井井有条，按部就班的程度用"一潭死水"来形容最合适不过。每周一到周五早晨，我的早饭钱被设定在"八元钱"内，是历经了时间检验后最合理的取值上限。我通常会买一个煎饼，但也只能是最普通的那种，不能额外加里脊肉或者火腿肠，甚至连多加一份生菜也都是负担，因为所有附加出来的食材都会将原来的构成比例打乱，而它的失衡势必又会影响到原本属于我的"红南京"，直接降格成我不爱抽的其他杂牌香烟。至于筱英，她是一家大型连锁仓储超市的收银员。从工作内容上看，我和她做的都是和人民币打交道的工作。但显而易见，从我们手上经过再多的钱，都注定和我们扯不上半毛钱关系。这有点像在你眼前总是出现一个性感的美女，她在你面前故意挑逗着你，而你得到的最大权限只能是对着她吹口哨、咽口水。这种总是求而不得的心情有多么令人沮丧可想而知——也许，这样的比喻会让我显得有些下流，可我现在说的都是我的心里话，在生活中我是不会这么讲话的，我的老实有目共睹。我举个例子你大概就能明白了。在没结婚之前，我和父母在乡下住。有一天，我骑着摩托在经过村口时，正巧看到一群村里的长辈闲坐在田埂边拉家常。那会儿，我没有像有些人那样，对他们视而不见，或者只是随便张口应付一下。我把摩托停了下来，靠在路边，停稳，下了车。我向他们一一点头，认认真真地打起招呼："王大爷、朱奶奶、李婶、赵伯、刘姑、方姨……"招呼完他们以后，我才重新上路。那时，我听见他们在背后议论我，他们说："瞧瞧嘿，村里这么多年轻人，就属刘顺最老实！"我的"老实"在历经经年累月的时间考验之后，若有一天能留下坚固的名声，也算是它对我做了个善始善终的交代。可只有我自己知道，我厌恶"老实"，因为"老实"让我对许多新奇冒险的事物都心生胆怯，畏首畏尾，我的"老实"不但和软弱沾亲带故，和无能更像是一对"孪生兄弟"。这些驱散不尽的"家伙"长期霸占着我，像是对我下了降头，把我原本就一目了然的生活禁锢在一个周而复始的死循环里。所以，我常常不得不想方设法给自己找点乐子，有时，哪怕只要能让我的生活溅起一丝虚幻的"水花"，我也求之不得。我已经记不大清是从什么时候开始越来越依赖并耽迷于虚妄的想象。我对一切只要与现实不沾边的事物都抱有非比寻常的热忱。平日里，我最大的嗜好就是看网络仙侠和都市异能小说，每当我看到那些江湖菜鸟或者怯懦少年最后称霸万界，天下无敌时，我的心里就会激荡起一种说不出的欣喜，好像小说里的那位主人公代替自己在这世上扬眉吐气地重又活了一遭似的。

好吧，如果在听了我的这番絮叨之后，你嘲笑我是个不思进取的"躺平族"，我也不会生气。我的好脾气和我的"老实"一样，人见人夸。你要是乐意了解我，我会嬉笑着给你解释，我为什么会变成这样。

我之所以会选择"躺平"，一个很重要的原因，说到底，还是要归咎于我爸。他叫刘安顺。我叫刘顺。有一年，我家换新户口簿，经办员一不留神竟将我和我爸的名字输颠倒了。就这么的，我稀里糊涂地在我家的户口簿上，给我爸当了好几个月的爹。说起来这是个笑话，但凡是个明眼人就能看出来，我爸连给自己儿子起名字这种事都不上心，也就不难猜到生活中他是个多么敷衍了事的人。我爷爷刘金贵是个地地道道的农民。我爸刘安顺是个小工，就是在工地上帮人拎泥桶，谁都可以训他几句的那号不起眼的小角色。他从年轻时就是小工，到老了还是个小工。我问过我妈，我爸年轻时干吗不去学门技术，比如学个电工、漆工、木工、瓦工啥的，求求上进，谋谋前程？结果我妈连连叹气，告诉我说，因为他怕死。我爸不学电工是因为怕触电身亡；不学做油漆工是怕长期接触化学品得癌；不学瓦工、木工是怕体力活儿干多了，累坏了腰而成瘫子。当然，累坏了腰这一条我觉得有点水分，也有可能是我妈没好意思说出口，后来我自己琢磨总结出更实在的一个原因——我爸怕影响他在性事上的"战斗力"。总之，依照我妈的话说，我爸是胆小鬼投胎的，胸无大志，就甘当一辈子小工。唉，可怜我妈这么多年去超市买东西从来都是先挑打折的，买衣服永远总想着去逛路边摊，或者挂着"闭店清仓处理，一百元三件"那种专门甩货的店子，她就跟着这么个男人受了一辈子苦。不过，话又说回来，这也只能是从根上判断我沦为一名"躺平族"的概率比一般人要大。本来，世事无绝对。有时我就想，我要是出生在"文革"时期，或者"以穷为荣"的二十世纪五十年代，像我这样的家庭出身可真真是要拜祖宗，烧高香的。可偏偏我生不逢时，摊上了一个拜金的"拼爹"时代。刘安顺害我输在起跑线上，剩下的只能靠我自己的造化了。其实，刚参加工作那几年，我也不是没想过要为自己的人生拼上一把，争取让我儿子以后当个很牛的富二代。可现实真真残酷哪，一年三百六十五天，除了法定节假日，我每天都在重复，重复，再重复地做同一件事——把存款人或者取款人的钱，准确无误地落实到他们的银行卡里变成一串数字，而且不能出一分一厘的差错，尤其是当那只猴精的小数点想和我玩躲猫猫的时候，我的脑子也绝不能犯浑点错。每当这个时候我就不禁会想，我他奶奶的连一分钱的主都做不了，又能凭借什么翻身逆袭当大款？时间哪，就像是一把老奸巨猾的"刨皮刀"，年轻时身上存有的锐气，好比是刨皮刀下的"糙皮甘蔗"，不知不觉被一层层一遍遍地削啊削，这么几年下来，藏在里面脆嫩的芯子早就心甘情愿地显露了出来，如今想把它折成几段都随君心意。

　　我的精打细算是在婚后筱英的"率领"下，得以大放异彩的。平日里，尽可能不错过筱英所在超市打折促销的机会，是她利用工作之便为我们的生活带来实惠的最直接优势。而她，也在被各种公开的、内部的打折信息的长期熏染下，正在向那些比她年长、同在超市里工作、且能将一元钱花出两元钱惊人效果的女同事看齐。然后，她还会将总结下来的宝贵省钱经验在回家后传授给我，就像传授"武林神功"一样，时不时还叮嘱我不可外泄。或许，我爱"神游"的毛病，就是在这种长期被迫打通"任督二脉"的修炼过程中酿成的后遗症。我常常在不知不觉听入神后，出现奇怪的幻觉。有一次，我听着听着，竟然觉得自己和那些妇女一样，胸前长出了一对硕大无朋、摇摇晃晃的奶子。当这些画面向我冲击而来时，我惊恐万分，连忙打脸，生怕走火入魔，摇身变成下一个"东方不败"。但不得不说，我还是学到了些三脚猫功夫。比如，和曾经的哥儿们减少往来的频次，按照筱英的话说，任何人际交往说白了就是吃吃喝喝，吃吃喝喝就得花钱，这次别人请你，下次你就得回请别人，吃来吃去还是在消费自己的钱。我惊讶于她将人与人之间的关系参透到了一种没有可供美好想象发挥空间的地步，所以，如今的我已经没有什么朋友了；再比如，她让我每天五点半下班以后再到菜市场买菜，因为这个时候淘到"倒箩菜"的概率很大，运气好时遇到着急回家的菜贩子，送的会比买的还要多；还有，在夏季高温来临，周末不上班时，早早去等附近的商场开门，抢一只休息凳最靠边的位置坐下，蹭一上午的 Wi-Fi 和免费空调；还有最绝的是，她教我如何调整家里浴缸上方的水龙头，让水滴以大约五秒一滴的速度流出，同时确保水表指针不会因此转动。接着，她还在水龙头下方系上一根细绳，让公家的水源源不断地流入自家的浴缸，实现偷水的目的。

筱英告诉我，这样家里洗菜、洗碗、洗衣服、冲马桶……都再不用花钱，她细算过，一个月至少能省三四十元，若按一个人八十岁的生命长度计算，这些省下来的钱至少可以买一辆高配版的五菱宏光 Mini。对此，我听后目瞪口呆，完全不知道该怎么反驳。不过，从那以后，每当我看到细小的水滴可怜兮兮地流进自家的浴缸时，脑海里就会跳出一台神气的小汽车，摇晃着屁股向我招手的画面……总之，我从她那里学到了五花八门的各种省钱秘诀，以此来应付我们每个月交完房贷后捉襟见肘的生活。然而不得不说，一切好像也开始变得越来越乏味。我的生活正在一点点丧失活力，我觉得自己像是一台专为省钱制造出来的机器，同时兼顾着并不擅长的薄弱的赚钱功能。我常常渴望时间过得飞快一点，渴望尽快摆脱被该死的房贷绑架的日子，我渴望身体与时间一并速速老去，然后安安稳稳地过上拿退休金养老的自在生活。一旦想到我可以像那些老头老太一样大摇大摆地踏进商场，一边理直气壮地蹭着空调，一边拿着挥霍不掉的养老金，潇潇洒洒地买下一盒贵得离谱的哈根达斯冰激凌，尝尝滋味到底有多美味时，我就兴奋不已。所以我常想，一个人会成为什么样子，完全是由他人决定的，而自己能做的就只有顺应命运的安排。当我得出这则人生信条时，我的脑门儿也如同被盖上了一枚"校验合格"的印戳，顺理成章地被纳入"躺平"一族的行列之中。

　　我的生活平淡乏味，分分钟就可以讲完。然而现在，这些本来关于我生活中最信手拈来的内容，在我原地呆立好几分钟的一番苦思下，仍然没有出现复苏的迹象。我神思昏沉，意识和我之间好像藏有一道肉眼看不见的屏障，这道隐形的屏障使它触不到我，而我也好像无法穿越过去把它拉回到脑库中来。

"刘顺——"

突然间，我感到身体被人推摇了几下。抬眼一看，是筱英。只不过，她这么一推非但没有把我从沉迷的意识中唤醒，反而让我的眼前出现了更加匪夷所思的一幕——

"干吗呢？"她不耐烦地冲我嚷道。

"听见没？我和你说话呢！

"快点走噻！

"喂——"

她的声音，像从天而降的海螺在我耳边吹响了号角，加重了我本来仅仅只是微微战栗的惊惶。

"你到底在发什么呆？……"耳边又传来一波嚷声，喋喋不休地数落向来是她的拿手绝活儿。不过，这会儿她的叫嚣并不像往常那样令人生厌，她尖亢的嗓音如同迅猛的电流穿过我大脑的一瞬间，令我感到这一波声声在耳的高强度的声音足以将我从混沌中拉拽出来。可事实上，当我重又回过神来，感到明明应该站在自家客厅中央听她的这番叨唠——而现在，此时此刻，地点居然变幻成了一处空阔无人的街口，巨大的惊诧使我在她面前变得茫然失措。还有，这眼前古怪的天气，到处弥漫着浓雾，稠厚的白雾就像披挂在空中待染的坯布，它们连同云层把太阳捂得严严实实，看上去就好像给它蒙上了一只巨大的 N95 型口罩。不过，幸而还有一束阳光从天边穿进来，与浓雾汇为一体。光与雾，在彼此的融嵌中氤氲流动，斑斑驳驳，乍看上去就像浮荡在水面上的一层金色油花，又像薄涂于女孩唇间的一抹亮色唇釉。循着光放眼，隐隐约约，只见在远近模糊的视线尽头，一弯罕见的白色雾虹隐隐浮漾在我的眼前。没有七彩加身，通体素白的外衣使之显出一股清和的空灵之气。我望着这梦幻般的景象，正自纳闷儿，忽然感到被人牵起了手，收回目光一看——是筱英——她正在一步一步地把我领向这座光与雾弥漫的城市森林……

　　这是我所生活的城市，一座由钢筋混凝土浇筑的现代化都市。平日，这里充斥着烟尘、人流以及四面挨挤涌来的各式楼林。然而，此刻，当熟悉的一切忽然在我的视线中销声匿影，反倒令我感到异常新奇。我跟在筱英身后，心不在焉地一路向前走着，一切轻飘飘，像走在天上。走走停停，又穿过了几条雾蒙蒙的街巷，直到我看见不远处浮出一簇模糊的人影，他们好像也正朝我这边走来……很快，一个女人走至我面前，对我投来一个亲和的微笑，可我还是直犯迷糊，半天想不起她是谁，于是只好将目光转投向偎在她身后的那个神情略显拘谨的小伙子身上，与他对视一番后，我方才想起他们是楼下理发店的老板娘和在她店里打杂的小伙计。没想到，这时候她竟主动笑着迎上来对我说，他们正好也要去布洛湾旅游。

　　我笑着同她寒暄了几句，然而心里却不由在想：怎么会这么凑巧？今天理发店不用开门营业了吗？

我叫杨娟红。我在南家营小区里经营着一间小小的美发店,店名叫"娟红发艺"。我的店面不大,也就二十多平方米吧,一进去的那间屋里面有两张座位用于理发、烫发,左手边有一道隔墙,墙后面放着一张洗头床。那个莫名其妙的家伙没出现之前,我正在隔间里与我的情人亲热——在狭挤、幽闭、昏暗,充满茶树油香波味的洗头床上做爱,实在是一件妙不可言的事。晚上十点多,送走了最后一位客人,店里就剩下了我和他。我的这位年轻的情人今年刚二十出头,他将熟未熟,好像青苹果般健硕的身体常绕在我的身边——在各种不经意间,总是散逸出一股诱人的体气。这股气息令我心醉,令我蠢蠢欲动,令我在几天前犯下了一个莫名其妙的错误。现在,客人走了,我像往常一样倚靠在门外的花坛边抽烟,呆望。夜幕下,烟丝醉软,细雾袅袅,墨黑的夜色浸融在一片迷人的星辉之中,几颗微微发光的星星,忽闪着明亮又讨喜的眼睛望着我,还有那一班调皮的、精力旺盛的蟋蟀,总是发出长长的、不知疲倦的鸣叫。它们仿佛在对我说,嗨,亲爱的女人哪,这么迷人的夜晚,平白浪费实在太可惜了!抽完烟,拉下一半卷帘门,我迈着刻意放轻放慢的脚步,重又回到店里,继而准备关门下班。小屋里,电台的 DJ 正在介绍鲍勃·迪伦今

年发布的一首新歌 *Murder Most Foul* [①]。不多会儿，那阵阵舒缓、轻痒、慢摇式的动人旋律便流淌出来，那歌声就好像有人在轻噬着我的耳朵，迫使我只想缴械投降。时光温软，乐声醇醉，暖融漫溢……这一杯像是为我特调的迷酒，就这样缓缓地，如春日的雨滴般洒落进我的体内。它让我的身体，连同我的心，放松得就像一块巨大的渴盼吸水的海绵，我能感觉到它正在张开密布的藻孔，等待水分充盈的快乐。上升，一点点上升；注满，又一点点被注满，注满……咝咝、咝咝，我像能听见身体里不断发出的撕裂的声响。盈满的情欲把我脑海里剩余的一点理智，一丝做个好女人的犹豫瞬间湮灭了，漫天……乱了，心又乱了……抑不住的，我又想和他温习几天前就有的——明知会令我在事后陷入自责和懊悔的缠绵……好吧，原谅我，原谅我的贪欢吧，我的脚步又不听使唤了，滑步至我的情人身前，望定他，用手指勾勾他的掌心，用热艳的红唇在他耳边轻吐："今晚，我是你的……"

"过来……抱着我……"我堆起笑，娇声道。

情欲，如同暗夜里的罂粟，极致的欢愉令我们沉浸在耳鬓厮磨的欢洽里，不愿醒来。我的这位年轻的情人，是我店里唯一的学徒兼员工——毛小军。我还记得半年前，在苏北老家初见他时的情景，他壮实的母亲把他从里屋叫出来的时候，不禁令我微微惊讶——一个多么帅气的小男神啊！金棕色微鬈的皮卡路发型，

---

① *Murder Most Foul*：也被译作《最邪恶的谋杀》。这是一首长达 17 分钟的歌曲。

INS 原宿风 T 恤，破洞牛仔裤，复古的老爹鞋。眼前这个农家男孩的穿扮，与那些从小在城市里长大的男孩们无差，一点儿看不出土气。除此，他还有一副跟得上潮流的长相，清爽干净的脸庞，狭长的眼型，英挺的鼻梁。再还有，他的眼神中沉潜着一份腼腆静定，有通常乡村青年特有的淡淡的忧郁气。他和堂屋外那一派静寂的绿汪汪的稻田同框时，既显出些格格不入，又像是经过构思，精心而为的一幅文艺美图。不过，当他羞怯地低下头，喊了我一声"杨大姐好"时，还是暴露出他身上那一丢丢青涩的掩藏不住的憨拙气。"喊杨姐，加个大字不好听！"我一边微笑着纠正他对我的称呼，一边招招手让他到我的身边来。他怯生生地看了我一眼，那眼神就像一只不安的小鹿，然后他用慢缓而驯顺的点头动作，代替了本该和我进行下去的言语交流。他慢慢地向我走来，在一缕温润的穿堂风中……悠悠地，步态就像一尾隽逸的苇。也许，是风在作祟，又或者是被风吹开的我隐隐蠢动的心在作祟吧——微微心悸，微微错乱。当他立定在我身旁时，令我感到周身被一股温暖的空气包围，这股暖流一下子将我拉回到那个悸动不已的青春时节里。大概，这就是所谓的合眼缘吧，本来店里也缺帮手，所以没怎么犹豫，我便答应把他带到城里教他手艺，并且告诉他的母亲，只要他足够肯学，用不了半年就可以出师了。

不过也就几分钟的好感罢了，其实，这份好感令我产生了一丝错觉，一丝忘记年龄和身份的错觉，如同男人在街头看到漂亮女孩子时心里莫名涌动的小欢喜，仅此而已。这一眼，本不足以让我做出越轨的事，其实后来我常想，如果一切都只停留在那一天、那一眼里，就好了。我不带他回来，不招他做徒弟，然后要不了多久，肯定什么都忘记了。然而谁知道那一刻我就是昏头了，摸不清心里在想什么。我没顾上想他来到我身边之后还会有很多这样那样，朝夕相处，不经意间，各式各样拨弄我心弦的，如踏潮般的———一眼、两眼、三眼……这些许许多多的一眼会把我小小的世界填满，让我的生活不再像从前那般单调无聊。现在，我的喘息流荡在迷魅的夜色里——它们排着队，来了一波又走了一波，走了一波又重来了一波，起起落落，滚滚烫烫……

　　"你爱我吗？"我压低了嗓音问他，然而想想又觉得这话问得好像有点傻。

　　"干吗说这些……"他的回答果然印证了我的猜想。避开与他相触的目光，我故作无所谓地一笑。也就在这时，我感到一阵湿柔的风从门帘外吹了进来，促狭的空间里顿时充满了一股沁凉的风。这是我第一次感到离这个年轻的男人那么近，然而只倏忽间，我又感到好像离他很远、很远……这种对于距离的失控，让我产生了一种朦胧的眩晕感。昏昏然中，我半低下头，继而伸开双臂缠搂住他的脖颈，我们的身体很快便像两绺糖泥般厮缠在了一起……

　　暂息时分，花光柳影，鸟语溪声。

　　我的身体被他的体气淹缠着……

　　星眼微朦，正值昏昏欲绝之际——

16

"老板娘……老板娘……"

突然，不知从哪里冒出了一个有点耳熟的声音。

小小的隔间里，到处暗幽幽一片。

"有人吗？"

"有没有人在？喂喂——"

浑身一紧！

就在我睁开眼的一刹那，隔间的软帘被人撩了起来——

再一定睛，门帘下——

竟然站着个人？

乍现的身影就像落潮时猝然浮露的一块"暗礁"！

……

顿时混乱！昏暗里，我就像暴风雨中的一片树叶，瑟瑟发抖。逆光之下，眼中的黑影就像一尊危耸的"巨石"，压得我透不过气来，我看不清，更不敢去看那人的正脸！

——像陷在"木头人"游戏生效的时间里！

本以为是暴风雨前的宁静，没想仅只一眨眼的工夫，那家伙便一个转身往外跑去，要不是我追出去时凑巧看见镜子里那家伙的模样，十有八九得怀疑自己大晚上的撞鬼了！

"这女人的胆儿可够肥的！昨晚上才疯过，也不晓得收一收心？"

"……"

"你看，后头那个帮她拎包的，是她老公吧？"

"像是……"

"什么叫像是，明明就是，好吧！"

"雾太大看不清，你说是那就是呗！"

"什么叫我说是就是？"

"是，一定是，百分百是，这样总行了吧？"

"欸，对了，昨晚你说看见他俩在隔间里不干好事，我一想那画面，简直了都——"

"……"

"看来，她昨晚是真没瞅见你，不然，刚刚也不会主动过来和你打招呼！"

"我就说当时我溜得快嘛！没看见好，省得以后见面尴尬！"

"尴尬？"筱英发出一记冷哼，道，"尴尬个屁！像这种不要脸的女人，我看，她才不在乎呢！"

"这总不至于吧……"

"怎么不至于？你看，就他们这个组合还不够奇葩吗？一个女人带着她的男小三和蒙在鼓里的老公，三人同游，你猜猜，这一路往后会搞出什么花样儿来？"

"这我哪儿知道？不都说女人的想象力丰富吗？"

"哎呀，你要这么说的话，那我还真得好好想想了！"说着，她搔了搔下巴，道："欸，你说，要是照短剧里演的那样，她会不会暗中伙同那小子把她老公给干掉啊？"

"俗套！潘金莲毒杀武大郎，这不是都被演烂的剧情吗？"

"喊，说我讲得烂，你那么爱看网络小说，那你来给我编个脑洞大、不烂的呗！"说着，筱英顺势向我投来追究的目光。

"呃……这个嘛……"我支吾半天也编不出个周全的剧情，心想真不该话多，于是顾盼一圈，恰于目力所及之处发现了不远处有一点动静，继而指向前方喊道，"嘿，快看——前面好像停了辆车吔！"

"别故意打岔，你都还没给我回话呢！"

"我脑洞小，拜托，你就别难为我了吧！"

"不——行——必须说，给你两分钟时间想！"

"我想不出来……"

"想不出来就不要走，我陪你站这儿慢慢想！"说着，她一把将我胳膊拉住，一动不动。

"……"

我僵挺着盯着她看了一会儿，实在想不出来，便趁她一个不备迈开腿脚，快步向前。

"喂喂，你突然走那么急干吗呀？刘顺——"

"……"

"我都快跟不上你啦！"

"嗳，嗳，你聋了啊？我叫你停下来等等我，你还没给我讲呢！"

"不是讲了吗，我想不出来，要想你自个儿想去！"

"你个呆 × ！"

"……"

　　加速步伐的好处是能让她在我眼前暂且消失一会儿，这像是浓雾给本次出游附赠的一点福利。如若往常，就算给我的腿脚配装上一台动力强劲的马达，很可能也没法像现在这么轻松逃离出她的视线，我得乖乖地听她的一通唠叨，直到她自觉无趣了，我才可能被"释放"，然而一旦她像现在这样兴致勃勃地要我对某事做出回应，我就不得不配合她，而且我要尽可能迎合她的节奏，以便她从中抓取想要的槽点。这是她生活中的一大乐趣，于我，不过是一种习以为常的无奈而已。要知道这种无条件放低姿态的妥协几乎贯穿我生活中各种微小的细节，致使我看上去一天比一天鲁钝。我越走越快，时不时回头望向不断涌来的层层雾浪，筱英正被漫延而来的雾气包围。很快，她便在我的视线里消失，像是被淹没在了这片茫茫的雾海之中。

　　她沙嘎的呼喊声，在我的耳边渐渐消弭……

　　"哟嚯——"我不由得欢呼，心里更生出一种难言的松快。我哼着小调，一路颠着碎步向前，像个尽情撒欢儿的小孩儿。叠叠翻滚的雾浪从我的脸颊漫过，沁入阵阵微湿的凉意。我跑啊跑……好大的雾呵！这场雾和以往我印象里下的雾都不大一样，它不是那种轻匀，像一整片纱幔状的，也不是丝丝缕缕，疏密有致，像几条长帛那样飘来荡去，带有几分仙气；它是浓稠的，有些奶粉冲调不开，糊糊涂涂的既视感；于此之上，波动的气流如同在这块淤滞的白色底布上，拖曳出几笔更加粗笨的笔触，继而使得浓重的白底划分出了更为分明的层次；又好比在一首乐曲的低音部里，突出几个更浑厚、深沉的重低音。雾浪抱团后形成的雾团，既是弥散的，也是雄浑的，还带点跋扈之气。展眼望去，街巷、人群、路道、景观……这些往日里熟悉的景象，此时无一不沉溺在这片雾海里，甚至就连同它们的声音，像车声、人声、车鸣、鸟鸣……一些平日里吵吵哄哄的声音，这会儿也都不约而同变得淡淡漠漠，岑寂得让人感觉心惶惶。我一边跑，一边向四周张望，乱转一阵后方才发现先前映入眼帘的那辆中巴车不见了！奇怪，车子哪儿去了？刚才明明就在那儿停着的。心下想着，我便朝认定的方向又急走几步，四处张望了一番，还是没能寻见。耳道里不停地呼呼灌着风，脚下的步子也似乱了方寸，恰在此时一只巨大的雾团又向我这边移动过来，不消片刻，便来至我身前不远不近处。举目一凝，这只雾团像极了一只正在敞口发力的乾坤大魔袋。这会儿，凭借着风力，它像铆足了劲儿要把我吸进肚里不可，因而我越往它处跑，心里就越怵得厉害，不由心想：筱英平时走路挺快的，刚才我不过就快她几步而已，怎么这老半天过去了她人还没跟上来？而且，现在就连一点她的声音也听不到了……正自纳闷儿，步调不觉也跟着放慢下来，心想：要么干脆等她赶上来一起走吧。然而这边脚步刚一落住，便见迎面扑来的雾浪变得汹涌、深浓。前后去路像是早已被厚厚的雾障堵死了。我抻着脖子再三望去，幸而看见溷溷尽头处浮漾出一丝隐隐的光柱。远看上去，那道光束沉浮不定，明明昧昧，就像藏匿在云

21

海里的一座灯塔。我慢慢地向它走去，直到终于走近时，才看到一片细碎的阳光从雾天中裂开的一道缝隙里漫射下来。这流光洒落在我身前的一棵大树上，树叶层层叠叠，宛如掌形，它们闪烁着，就像磨砂的晶片一样，一闪一闪的。树干则像是流淌的水银，在明亮与微亮之间轻盈地流动。

我驻步看了一会儿，脑袋不由一阵晕胀。

该不会是越走越远了吧？……这里怎么看着这么陌生？就好像从没来过似的，心里正犯嘀咕，不禁开始回想我到底在哪儿。回想来路，自出了家门，七拐八绕走了有十来分钟，我是从小区哪道门出来的，现在居然一点印象都没有。南家营小区有三处门：前门，西侧偏门和后门。按说，这会儿周边这么静，应该不会在前门外。前门出去正对的是一条熙来攘往的闹市街，今天又是星期六，按理，哪儿可能一个人影都见不到，这么安静？那如果不是在前门外的话，就很可能是在西门，或者后门外？西门外有条河，还记得物业前两天在群里发过公告，说近期市政部门正在进行河道清淤整治，施工期间西门将会关闭，待到工程结束后才能恢复通行。这么一番排除下来，我们最可能是从后门出来的。南家营小区从后门出去是一条青石巷，虽是背街，但行人也是往来不绝，可这儿现在连个鬼影子都见不着！天啊！怎么会下这么大的雾？我居然在自家门口迷路了，这也太离谱了吧！……我一边纳闷儿，一边深呼吸。脚下的路本来足够开阔，然而走着走着，路面渐渐变得逼仄起来……天光黯淡，不足五米的能见度让我越走越心慌，好端端的一条路竟被走出了一种黄泉路的末世感来。眼看快至路尽头时，两腿止不住地无故一阵发飘，忽地一个趔趄，跌进旁边的一条岔路里！再一抬眼，几米开外竟是一条大河，身子不由往后一仰，一屁股跌坐在地！

腿一下软瘫了！

地上冰凉凉的，带着凉森森的湿气。扑面而来的雾气像是把我的眼睛迷住了。与路口相接的是一条河埂。临埂，即是河。这会儿，浓腻的雾气漫浮在看不见水流的河面之上，缭缭绕绕，就像是河流在大喘气。

"你跑那么快，赶死去啊！"熟悉的叱声忽然从我身后传来。

我一回头，果然是筱英！

这条忽现的堤埂像是老天设下的机关，专为将我引来似的。

"跑死我了！"她在我身后喘吁吁道。

"我也在找你……你……跑哪儿去了？我半天也没……没……看见你人！"我有些心虚地挠着后脑勺，回应道。

"净说废话，我还没见着你人呢！"她泼辣的嗓门儿再次向我出击。

"……"

"你神经病，坐地上干吗？人家司机都着急发火了，一车人就等你了！"

"等我？车……车车……在……在哪儿？我没见着哪儿有车啊！"

"不就在那儿嘛！喏——"说着，她一个侧身向前指去。然后，她一边挥手，一边高声喊道："不好意思，师傅！他人在这儿呢！我们在这儿，这儿！……"

霎时，她尖亮的喊声钻穿进层层雾障，不一会儿，一辆白色的中巴车便从浓雾中缓缓驶出。昏黄的车灯也随之变得越来越明亮，在雾蒙蒙的世界里，它们就好像一对虎视眈眈的眼睛在逼视着我。

眼看越来越近……

此时，筱英将一只手伸向了我的臂弯，而就在她拉我起身的一刹间，一股难以名状的热流跟随她的手心顺沿着我的肘弯肌表慢慢渗入。她拽着我，迎着风，我们一前一后奔跑在微湿的堤埂上，脚下的柏油路犹如被浓雾酱过般，显露出一种温煦的油润。混合着泥腥的草木气息匆匆袭来，伴随着阵阵清风，它们不再如前般只是在我的身边盘转，而是马不停歇地，像是急欲要穿透肌表直奔至我心内未知的更深处去……

我们奔跑在雾海中。河埝上，风很软，记忆正在把时间吹向一个遥远的角落。我想到了些什么。它是什么？也许什么都不是。无关紧要的。我想到当我们比现在年轻一些的时候，没钱也不会妨碍我们拥有一份浪漫。那天，好像也是这样有雾的天气，我和你漫步在一座没有被命名的小山上。那时，你站在一棵结满野果的大树下，把从树上采摘下的一颗黄叽叽的小野果放在我的嘴边，问我敢不敢将它吞下去。我答说，不敢。然后你说："如果你爱我，就把它给吞了。"我摇了摇头，一言不发。你又说："刘顺——你怎么这么胆小？"我想了想，答说："小时候听村里的老人讲过，这是哑巴果，人吃了以后很可能会变成哑巴或者傻子，如果运气搞不好再背一点的话，中毒死掉也不一定。"你这时看着我，沉默半天，脸上尽是一副气不过的神情。见你口风迟迟不松，我只好继续向你解释，说自己在好奇心最为澎湃的孩童时代都没有胆量去尝试，现在作为一个智商在线的成年人，自然就更没有必要去冒这种无聊的风险了。你说："那你是不爱我了吗？"我说："爱，但我不想变成哑巴、傻子或者翘脚死掉。"可你依然不依不饶地对我说："你要是哑了、傻了，我照样爱你嫁你，中毒死了我也陪你一块儿，给我吃掉它！"……我僵傻着站了很久，没有行动，直到看着你的眼眶里一点点泛出泪光。我空咽了一口唾液，说："如果因为我不吃这颗小野果，你就不和我好的话，我就……就……"我吞吞吐吐，看着泪盈于睫的你，有点说不下去。你紧着追问："就什么？你倒是说呀！"我忙忙埋下头，这才从牙缝里挤出三个字："就……认……了……"那一刻，我以为你会毫不犹豫地掉头离开，从此不再理我。可我看见你竟然把捏在指间的那颗小野果一口送进自己嘴里，像个天不怕地不怕的"女汉子"。我当时惊呆了，简直有点不敢相信。然后没一会儿，你嘤嘤嗡嗡又抽泣起来。我看你哭得那么伤心，心里也很难过，为我的懦弱，也因为脑海里不断涌现出各种误食的后果。那一刻，我对你的担忧是那么强烈，额头频频冒出冷汗。我说："你知道吗，你太作了！"然后，你说你开始觉着头晕、喉咙疼，一副毒性就要发作的样子。我顿时心慌得要命，环顾四周，叫不到车的我只好背着你从山上跑到山下，从河埂的东头跑到西头……当跑到镇上的卫生所时，我的两条腿快要累断了，我把你从背后放下，放在走廊的长条椅上，这时我看着你蹙着眉头，紧闭双眼，冷不丁还抽搐几下，一副痛苦不堪的表情，我不住地喊着你的名字，可怎么喊，你都不应，看着你神情痛苦，我的心像被人连续暴击。我去敲急诊室的门，直到看见一位"白大褂"从里面走出来，我拽着那人的胳膊，让他无论如何要救救你！他于是急急地随我来到长椅旁，蹲下，可刚要给你做检查，你却突然睁眼，坐起来戳着我的脑门儿哈哈大笑，骂我是个尿包！我怔怔地站在你面前，半天缓不过神来。你一定不知道那一刻我心里受着怎样的煎熬！

一个是"女汉子"，一个是"木头人"，我们就是这样的一对组合。迄今为止，我们爱情的高光时刻也就只是向那颗小野果发起过挑战，想起来是有点可笑，也不知为什么此刻我的脑海里会突然跳出这件事来……想着这些无关紧要的，任由你拉着我向正在缓缓驶来的那辆车奔去……哦，对了，记得后来我还问过你那颗小野果的滋味，你告诉我苦涩得要命。我后来常想，可能这就是贫瘠土壤里孕育出来的爱情滋味吧，苦要入心的。现在，我的思绪除了微微有点凌乱，还混杂着些许说不清道不明的怅然。这些惆怅像是从记忆的泥土里生发出来的——因为小野果，因为一种似曾相识的不祥预感，而带来的并不一致的心情。

这惆怅，又像是从雾网里筛滤下来的。雾天与黑夜，都爱将人们的眼蒙住，将心蒙住，就像一母同胞的一对姊妹。现在，黑夜正在向一个女人翻开为她准备的那一页（夜）惆怅。凌晨2:35，南家营小区"娟红发艺"里的懒人沙发里坐着这个女人。被她随手弹落的烟灰，在晚风的接应下贴着地面轻轻流转。女人凝视着这些时而翻卷，时而静定的烟灰，心里空落落的。她花了很长时间才将自己从被发现偷情的慌乱情绪里挣脱出来，她面红耳赤的羞窘，正在随着时间一分一秒地逝去而逐渐消淡。现在，取而代之的是她莫名的、不知所措的怅然。她的怅然，是任何容器都无法完全盛装的，因为它会不断地滋生，并非一旦盈满就不再增长的静态之物。她的惆怅，还带着一种无边的落寞和淡淡的哀愁。暗灯之下，她斜倚在沙发里，这会儿，她很自然地想起了她的丈夫。她想，他现在会在哪段海路上漂着？她想，在四壁无窗的舱房里，会不会也有一个心细如发的女人在陪伴同样寂寞的他？她回想起做海乘的他第一次带她出海时的情景。那天，他们对着一望无际的大海，在浸润咸湿海风的甲板上，爱情就像一阵强劲的海风，说来就来了，汹涌而激狂，要多少有多少似的。他拥着她，在宽阔的甲板上，在小小的舱房里，短短几天他们就像爱了一生一世。她从未想过，大海居然能孕育出那么多的甜蜜来，一生都足够他俩享用似的。后来，他们结婚了。她沉默寡言的丈夫，在她面前深沉如海的男人，在婚后也把一种静固的关系带来了。聚少离多，总是无法满足的情欲，是她的隐衷，也是他的隐衷。而他，似乎早有预料，彼此饱受压抑的欲望是会奋起反抗的。人到中年，孩子去了外地上学，每次短暂的相聚都能让彼此感到对方身体里的欲望发出的饥渴的喊叫。可生活又由不得他们来掌舵。渐渐地，他越来越不愿去挑破他们之间某些轻易便能觉察到的秘密。他觉得就算有一天发现大海中的"暗礁"，只要掉转船舵不去碰撞，他们婚姻的这条"航船"依然能够安全抵岸。他了解她，正如他了解自己一样，他们的安分是烙刻在骨子里的，是即便肉体出轨，思想和行动上仍然谨守成规的妥协之人。他悉心确保万无一失的相守之道，譬如在获得一段休假前，打电话告诉她，他要休假了；休假回来的当天告诉她，他今天要回来了，有时，甚至于临到家门前一刻，他还会主动再次告诉她，他快到家

28

了，问她是否需要在门口的小卖店里买点日用品顺带回去。谁说将危机消弭于无形不是一种慧黠的相守之道？而她，从一开始就接受上天给予女人宿命的缘分安排，只是结婚多年以后，她渐渐感到自己被豢养在一桩被放逐的婚姻里，豢养的边界是没有边界，所以她终究是被放逐的。凌晨 2:48，她倚靠在沙发上，记忆为她捎来了她的丈夫——一个让她意会不出到底是爱，还是不爱她的男人。现在她想，如果刚刚误闯进来的人是他的话，他会不会也和那家伙一样选择转身跑开。想到这儿，她不觉苦笑了一下，却没想到，这么一笑眼泪反倒不觉流淌了出来，泪水顺着脸颊缓缓滑流进她的口里，咸咸涩涩的，有点像是海风的味道。

她想，原来他们之间的关系是经不起推敲的，是一旦细思起来便会害她流眼泪的那种。面朝玻璃窗外，她向着街对面守候在寂夜中的莲花灯柱望去。目光从底座游移至柱头时，她不经意地发现藏躲在一片幽然的光亮背后的，正是她的家。幽黄的灯光如水般流淌进她的家里，像是特意给冷清的房子送去温暖，喊她回家一样。这灯光倒是蛮懂人情的，她惘惘地想。不过，她一点也不想回家，她的家是适合默默伫望的，而不是去栖身的，她更愿意这样远远地望着它，像端望别人的家一样不掺情思，便没有伤愁。月亮像被濯洗过一样高悬在天上，它和从路灯里走出来的光亮一白一黄互相映衬，一对好闺蜜似的。她透过玻璃看月亮久了，仿佛能从沁白的月光里嗅出一丝净爽的桉叶油的芬香来，她觉得这丝丝缕缕的清香安在月亮身上甚合人意，和她发屋里扑散在客人颈项间的香粉味一模一样。她嗅着，望着，不一会儿，眼前竟模糊起来，于是随手揉了揉眼，缓了缓，这才发现在幽黄的光晕下，一张宽大的烟白色的"帷幕"正悄无声息地漫染着夜空。

窗外，街角的灯光看上去更加疏懒了。

原来是外面下起了夜雾。她适才恍然。别过身，随眼一看，对面立在镜前台前的座钟显示已经凌晨 3:00 了。她想，天亮以后将是一周中最忙的星期六，她感到了一些倦意。打了个呵欠后，她忽然想起她的丈夫将会在晨间时分休假回来，想着想着，眯合了眼，身子一倾，歪倒在沙发里睡着了……

浓雾从前排车窗缝隙漫入时，我恰从往日的回忆中一点点抽退出来。车在道路上静稳地行驶着，司机的视线好像并没有受到雾天的干扰，行驶中没有出现急停或者颠簸，车速一直出奇得正常。这辆中巴有十来张座位，有七八成的座位已经坐上了乘客。这会儿，前排有人打开了车窗，浓雾得以呼呼钻进车里。本来，我还能看见前排几个浑圆的后脑勺，这下倒好，风卷着雾灌进来，使得我看什么都模糊一团。这么糟糕的天气，司机居然能把车子开得这么稳当，真是个牛人，他不去学开飞机简直就是屈才！我一路瞎想着……不觉间，目光停留在像被刷了白漆的前挡风玻璃上。

　　明明是车，怎么好像有种坐飞机的感觉？我一边想，不由得暗暗纳闷儿。

　　飞机上开不了舷窗，难不成前排的家伙想试试在飞机上开窗户的感觉？这么一想，我也按捺不住，一把拉开了位于自己身旁的车窗玻璃。顿时，只见飕飕的风卷着雾直接向我的脸颊扑涌而来，就像一片被吹开的尘灰，又像漫天飞扬的乱絮，一下子迷住了我的双眼。

　　我忙忙把头探出窗外——

　　"哇哦！"果然像在云层里穿梭。

　　"我什么都看不清啦啦啦啦啦……"耳边拉风箱般的啸音呼呼作响，气流的强弱成了速度的新代言。

"真爽！"我在疾风中呼喊。

短暂地清醒后，因怕窗户开大了可能会招来不满，我忙又缩回脑袋拉上车窗，仅留下一寸空隙。然而风仍旧不停地吹进来，使得我的一双眼睛被吹得迷迷蒙蒙，全然不能轻松睁开。

"顺溜（刘）叔叔……"

忽然，一团暖烘烘的气息掺着低低怯怯的声音，爬进了我的耳朵。

回头一看——

"小……小丸……丸子？！"

我压根儿没想到会在车上碰到小丸子！坐在最后排的她，先是轻拍了一下我的后背，然后悄悄道。若如往常，她的亮相方式通常是从某个角落里突然跳出来，用她那俏皮的、充满恶作剧的怪腔怪调在我面前放出一记大招："顺——溜（刘）——叔叔！"我虽然几乎每次都会被这个邻居家的小女孩吓一跳，不过我倒是从没呵斥过她，我的反应不外乎对她笑笑，有时候也会随口附上一句："你怎么又没去上学啊？"——类似这种明知故问，却一贯适用于她的开场白。

"顺溜（刘）叔叔……"

只是——

这会儿，不同于以往的调皮聒噪，现在她的声音听上去怯怯的，这让我觉得和她之间像是忽然变得生疏了。

"怎么就你一个人？"我看了看她身旁空着的座位，不由惊诧地问。

"喊，你不也是一个人嘛！"她说，还是一贯拽拽的语气。

我不由朝旁边一扫，果然自己身旁的座位也是空着的，不暇纳闷儿，我忙又追问她道："你爷爷呢？"

"不知道。"

"不知道？！"我顿时一惊，忙道："你该不会是一个人偷跑出来的吧？"

她不答，且将小脑袋故意偏向一旁，半天不看也不理我。

"小丸子——"我定了定神，空咽一口唾液，道："这辆车可是要开到很远的地方去的，你要是背着爷爷瞎胡跑，搞不好就回不去了！"

"我知道！"

"你知道？！"

"对啊，我知道我回不去了！"

"……"

"我还不想回去呢！哼——"

她这一句堵噎的我一时不知接什么话是好。

"你……你这小屁孩儿……成天就知道瞎胡闹！不行，我得给你爷爷打电话，他现在肯定在着急地到处找你呢！"说着，我便从裤兜里摸出手机，在通讯录里翻找备注为"小丸子爷爷"的名称，随即摁下了呼叫键。

"你的手机是拨不出去的！"她瞥着我，立时扬起头道。

果然！连拨两回，电话那头尽是"嘟嘟嘟……"的忙音。不甘心，我又连拨了几遍，结果还是一样——

不通！

……

她看我终于乖乖地收起手机，嘴角立刻泛起了一丝得意的坏笑。

"早就叫你别打了，还不信！"说着，小丸子眼角一飞，依然是一副盛气凌人的模样。

奇怪！筱英哪儿去了，怎么没和我一块儿？真是奇怪！我不由纳闷儿，心想：得赶紧把小丸子偷跑出来的事告诉她，让她来给出出主意看怎么办是好。一面想着，扶着椅背正欲起身，没想刚一离座，便感到被来自身后的一股力量给拉住了。

"顺溜叔叔，过来！"小丸子一边说，一边勾勾手指示意我凑近她，又说："我有话和你说——"

"……"

复又归坐后，我回头将脑袋探向身后两张座位靠背间的空隙上方，不想小丸子也将小脑袋凑了过来。

"这是个秘密，我只告诉你一个人哦！"她附耳悄声对我道。

"……"

我睨着她一双黑黢黢的大眼珠子，一想到这个成天作怪的讨债鬼没准又会耍出什么新的整人花招，我便不由得提防着把头向回缩了缩。谁知，我这边刚一回缩，她又开始对我发号施令，叫我别躲她。没辙。我只好悬吊着心，硬着头皮重又向这个小鬼靠近。拉锯战似的。凑近她后，我百分警惕地盯着她，然而心里其实在做受吓的准备。我将注意力全都集中在接下去对她肢体动作的预判，以及想象她可能会对我的耳朵突然"放枪"的恶作剧发声上。我感觉自己就像受命捏着一根已燃的爆竹，且需等到火线引燃至最末一刻才被准许把它抛出去一样，紧张，紧张，一直加码紧张……结果大概是精神紧绷过了头，以至于对方明明在用一种再正常不过的语气和我说话，反倒使我错失了内容，耳朵就像失聪了一样，只见她的嘴唇微微翕动，至于内容——我竟一星半点也没有听进去。

"什……什么？……你刚才说什么？……"

"你应该改叫'耳背叔叔'才对！"

"……"

"这辆车是来接我的！"她口风一转，然后又压低嗓音，补充道，"总之，别老嚷嚷叫我回家！不然，你的计划也会跟着全泡汤的！"

"我不懂你在瞎胡说什么！"

"我没胡说！本来就是！"

"你……"

——这是什么小孩？！成天就知道和大人唱反调！算了算了，我懒得和你说话！我心想着。因不想招惹她，我忙腾地一下从座位上站起来。难怪平时老听见她在楼道里大呼小叫，像这样谁能受得了？……筱英哪儿去了？我挥赶着不断涌来的雾气，向车头方向移动……这辆车，一共也就几排座位，从前到后没几步的距离，这不，走到最前排后很快我又折返了回来。

"阿姨没在车上，对吧？"小丸子双手抱臂，狡黠一笑道。

"你怎么知道？"

"别着急，她肯定会回来的！"

"……"

"刚刚我不都和你说了嘛！"

"你说什么了——到底？！"

"哎呀！看来你这个笨叔叔是真没听到啊！那……要不要……我再给你说一遍？"

"你说……"

"那这一回你可得给我听好喽！"小丸子目光灼灼地望着我，然后我便从她慢慢启动的唇齿间听到一串清晰平稳的发声——

……

"真的！别不信！"她一脸笃定道。

顿时，她的一双黑又圆的瞳仁，满满地占据了我的眼底！

……

体内的肾上腺素大概在急剧飙升，不然我不会感到颅内的血液一阵阵地往头顶上冲。如果谁要我列举出迄今为止三十五年人生中遇到过的最难忘的恶作剧，这一出必定会入选！这个脑回路清奇的小鬼灵精，用一种十级淡定的语调说完话后，又像什么也没发生似的，将她的小脑袋从我的耳旁缓缓撤去。结果不出片刻，我的脑袋便开始嗡嗡作响，心跳骤然加速，再就是刚才说的，血压一下子不知升高了多少。总之，从头到脚，连同膝盖缝都在一阵阵发凉发麻。没想，才半天不见这丫头恶作剧的本事又精进了！"你真行呀！"我在暗叹的同时，不由又从牙缝里挤出了这四个字。然而，小丸子听了，却像没事一样端坐着，不笑也不说话。她微微垂耷着眼皮，人好像还陷在戏里没出来似的。

我盯着她看了半天，这会儿，她的冰块脸看上去十分古怪，爱信不信的架势摆得很足。我看她拉出的气场不小，不由长出一口气，心想：可不敢招惹这个小人来疯，越招她，她就越闹得起劲。行吧行吧，你爱演演去，反正我不搭理你，看你还能搞什么名堂！因想着，口里含糊支应几声后便怏怏地回身归坐。此时，身旁的窗玻璃上像结下了一层厚厚的霜雾，全是白蒙蒙一片。我努力朝外看了一会儿，什么也看不清。筱英哪儿去了？我明明记得和她一块儿上的车，怎么这会儿又不见她人了……我开始回想，结果找回的记忆总是断断续续，想连却连不上似的。无奈之下，我只好掏出手机去拨她的号码，结果也还是不通。今天尽摊上怪事！正在纳闷儿，欸，身后怎么又没有动静了？小丸子这老半天也不出声，不该吧？想想不对劲，于是回头——只见她坐在我身后最靠边的位置，这是一排四张座位，只有她一个人，其余位置全都空着。我回头看她，她目光直冲着正前方，也不看我，而且还和之前一样——眼神空空的，丧丧的，总之越看越不像她。我盯着她看了一会儿，越发觉得奇怪。雾气冉冉的，好像一小绺一小绺鹅绒捻成的飘带萦绕在她的四周，令她整个人看上去鬼气森森，怪吓人的。正蒙着，只见一波雾气又从四面八方拥挤过来，空气变得越发凝重！然而，就在她的目光回转向我的一瞬间，我忽然感到了一种强烈的熟悉感——是什么时候来着？这个眼神，我好像在哪儿见过。心想着，不由开始思索，继而打开脑海里的一层层"记忆抽屉"，像翻找急件一样搜索这一亟待被证实的直觉，可情况往往是——但凡拼命想找某物，那样东西十有八九会调皮地躲起来。现在的情况便是如此，我明明努力回忆，然而回想起的尽是些平日里那丫头捉弄我的恶作剧节目……

“顺溜叔叔，考你一道题！”

“……”

“大猩猩用英语怎么说？”

“不知道。”

“我来告诉你，记住喽！Big star！”

“……”

“顺溜叔叔，你是喜欢风，还是喜欢雨呀？”

“都不喜欢。”

“不行不行，卖我个面儿，喜欢一个呗！”

“那就雨？”

“嗨——啐——”

喷我一脸口水，她撒腿就跑。

“叔叔，叔叔，你家壮壮说，他长大以后要嫁给我！”

“那你赚到了！”

“哼——我才不要娶他呢！他长得比你丑几条街还带拐弯呢！”

“……”

这些"库存"的片段被自动导出后，在我脑海里回放，直至又一条忽又出现——

"顺溜叔叔，你知道他们为什么叫我'小丸子'吗？"

"不知道啊。"

"因为我和动画片里的'小丸子'一样，都有一堆惨不忍睹的成绩单！"

话音一落，只见她小嘴一撇，耸了耸肩，继而流露出一个僵硬的微笑。然而，当回放至这一帧画面时，节奏又像突然起了变化。骤停下来，一动不动了！然后像是被这截"线头"牵扯出的——一段犹如老电影般的图像，又开始慢慢地浮出了我的脑海……

那是在日光将尽的傍晚时分，如果我没有记错的话，应该在昨天，也就是星期五的晚上，我从单位回来，到二楼后，刚准备掏家门钥匙，便听见身后传来"嘶溜——嘶溜——"像吸鼻子的声音。我于是顿住脚步，回身一看——是小丸子，她正一个人坐在高高的梯阶上，见我上来，她没有像往常那样调皮地跳出来偷袭我。昏晦的楼道里，她微佝偻着腰坐着，眼神哀哀的，空空的，像在想事却又不像。因见她与平时的状态大不相同，我多窥了她几眼——她的头发全都乱马刀枪的，肩上背着书包，左手捏着宽长的一张纸，像是试卷，随着我的目光不断顺移往下，引人注目的是她脚上的球鞋。那是一双小白鞋，鞋身的周围黏着一圈将干未干的烂泥疙瘩，宽长的纸张垂曳在她的身旁，贴挨在她鞋周隆起的泥疙瘩上，这也使得皱巴巴的试卷下方被洇染出了一块污黑的渍迹。可小丸子似乎并没有觉察出来，她就那样巴巴地凝望着她家的门。我以为她是忘带钥匙了，伸头又一细瞧，门并未合住，门框那里夹掖着一只粉色的凉拖鞋。她望着那扇门，目光呆滞滞的，也不知在想什么，这个表情于那一刻出现在她的脸上，并在我回头盯望她的片刻里，许久未退。情况和现在十分相似。而这一段在脑海里被自动推送来的模糊画面就好像记忆为我发来的关联图像，有种富含暗示的意味。

大概是……眼神？又或者是那种怪异的气氛？倒还真说不清。可这有什么不对呢？会不会是我多虑了？……

我一面想，很快便回过身去，掏出钥匙……我记得当时的情形大致就是这样。

"顺溜叔叔……"

当钥匙转回复位时，身后忽又传来了小丸子的声音。

"顺溜叔叔——"

她的声音听上去喑哑哑的。我微怔了一下，转而回头问她怎么了。她看着我，半天不答，只将小脑袋转向一边，又抽吸了下鼻子，才问，壮壮呢？我说，送去奶奶家了。听罢，她淡淡地"哦"了一声。紧接着，她用一种十分沮丧的语气对我说，真搞不懂大人们为什么这么嫌他们小孩子烦！为什么每周五都要把壮壮送到奶奶家去，害得一到周末就没人陪她玩！

我便只一笑，也懒得与她解释，自顾推开家门径往里去了。

我要是能像壮壮，或者动画片里的"小丸子"那样，有个幸福完整的家就好了……小丸子坐在高高的台阶上，这会儿，她的眼泪揩了掉，掉了又被她揩去，有点止不住的节奏。她想，如果这会儿壮壮在就好了，那样的话，起码她可以从他那里收获一些安慰，或者哪怕欺负一下他，撒撒气也好。可是，壮壮不在家，被可恶的大人们送去奶奶家了。随着关门带出的一记钝响，空荡荡的楼道里现在又只剩下她一个人了。她的心情霍然坠落到了谷底……她想，这是她一个人的世界，虽然她常常觉着这世界本就该属于她一个人，只是从没像此刻这般强烈而已。在这之前，爷爷去接放学的她并把她送至楼下，告诉她做好的饭菜在冰箱里搁着，晚上想吃就用微波炉加热一下。然后，她就一个人上了楼，开门，进屋，见到处一片昏黢黢的，她顿时就不想在屋里待了。她想出去，可刚移步至门口，又想起家门钥匙放在餐桌上没拿，然而虽只几步的距离，可那一刻，不知怎么的，她就是不想退回去拿，哪怕只一步，她也不想迈。一双腿脚像被灌了铅似的沉。站定了一会儿，她不觉又想，万一风把门吹得关上了，她就进不去家了，这才从鞋架上取了一只拖鞋夹掖在门框那里。然后，她背着书包，拿着试卷，进门前什么样，出来时还是那副样子。小丸子知道爷爷这会儿上班去了。爷爷在附近不远的一个小区当门卫。白夜班，两班倒。今天轮到爷爷上夜班。所以，对小丸子来说，这无疑又将是一个无人陪伴的周末之夜。风，在楼道里穿梭，呼呼地，呼呼地作响。这会儿，门身被它吹得一阵开一阵合，小丸子许久地注视着这扇门，这是万静里的一个"动"——一个响动——来来回回，于一张一翕之间，小丸子觉得这扇门就像一张大大的、合不拢的嘴，虽然努力翕动，却始终只能像个哑巴一样，发出"咿咿呀呀"不成文的怪声。哑巴的嘴巴是多余的，小丸子想，就像她一样，也是多余的。想到这儿，一股难以名状的沮丧情绪开始涌向她，她觉着自己也像这扇"哑巴木门"一样，满腹想说的话却说不出，或者就算想说，能说，也不知该向谁说去……不断从袜底渗进她脚心的泥浆让她感到了一阵冰森森的凉意，她不禁打了个冷战。风，渐弱渐息，她的哑巴朋友"咿咿呀呀"像是终于把话讲完了，忽然静立在那里，张口结舌的模样，仿佛接下去该轮到小丸子诉说，换她的哑巴朋友来倾听了。这时，小丸子开始微张着口，她是想和它说说的，不过不是用嘴巴，而是在心里，她想在心里默默忆述这一天摊上的接二连三的倒霉事。

一大早，先是床前的闹钟突然坏掉了……

她开始回忆从早到晚一桩桩发生的事：

因为起床晚了，我一着急忘记戴红领巾，还迟到了。赶到

43

学校的时候，我被在校门口站岗的"小四眼"逮住狠批了一顿。然后，在第二堂数学课上，我因为开小差被老师叫起来回答问题——就是一条路，修一修停一停，停一停又莫名其妙开始修的那种难得要命的数学题！我不会，结果被批了几句。然后，快下课时，王老师又开始发上周的考试卷，我知道自己没考好，心里一直担心她会来找我的麻烦。果不其然，她让没有拿到试卷的同学，挨个儿去台上领。我是其中一个。喊我上去之后，她就把我的试卷平摊在讲台上，严厉地说："喏——看看你的成绩！"我盯着看了一会儿，只见卷面上有好多红叉叉，再就是分数栏上写着大大的数字"49"！"说说——"这时，我听见她问，"你有什么想法？"我顿时摇了摇头，说："没……没什么想法……""没想法？我看不像！你最近上课不听，作业不写，动不动还学那些二流子逃学，怎么可能没想法？"见我半天不吱声，她又说："今天当着全班同学的面，讲一讲，你到底还能不能端正学习态度？"可是不等我想好回答，她又紧跟来一句："你是一点儿都不为你的成绩着急吗？"我嘴上不说，但其实在心里……老实说，在刚看到这个分数的时候，我是感觉有点难受的。可当着这么多同学的面，我肯定不能承认，所以故意摆出一副很无所谓的样子，说："就……也还好吧……"没想，这句话竟然把老师惹恼了，她说："也还好？好什么啊？你知不知道，你拖了咱们全班的后腿！你不急，我都为你着急！"一听这话，我顿时感觉气不过，就瞟了她一眼，然后又对着她哼了一声。可谁知道，可能是我的声音有点大，被她听见了，她顿时冲我道："你哼什么？"我赶快说："没哼什么……"她又说："我都听见了！"我于是说："那你既然都听见了，干吗还要问啊？"结果全班哗地都笑了。这么一笑，她可能觉得没面子，顿时一把抓起试卷砸过来，撂了一句："星期一，让你家长来学校一趟！"我一听，顿时愣住了，也没多想，就说："我爷爷不识字！"结果，台下又是一阵哈哈大笑。见同学们笑，我当然紧张了，忙低下头，顺便偷瞄了一眼面前的王老师——只见她额角上的两条青筋就跟被开水浇过的毛毛虫一样，拱来扭去的。她拍打着讲台，对我喊道："我要你爷爷来干吗？是让你爸妈来！"我只管听，一时也没有接话。见我半天没反应，她像是更生气了，说："我和你说话，你倒是听见没有？是叫你爸妈来！爸——妈——！"我反正不吱声，只一个劲儿地摇头。后来，我想，她可能误会我摇头是在故意和她唱反调作对，其实，我不是那个意思，我摇头是因为我爸妈来不了学校，他们两年前就离婚了，各有各的家庭，压根儿就不管我！可这些话我又说不出口，我不想被老师和同学们笑话。所以就一直一直，一直不停地摇头。摇到后来，王老师大概是被我气疯了，终于将我的衣领一拽，把我拽到讲台跟前，说："唐敏敏！你是不是耳朵有问题？说——你到底什么意思？不想上学就滚回家别上了！"听她这么一说，我心里感觉特别委屈，又很害怕。顿了顿，我才支支吾吾地说："家里就……只……

45

只有爷爷……"她看着我，顿了一刻，我当时还以为她会饶了我，没想她突然用鼻子一笑，说："难怪一身的毛病——"然后又咕哝着，隐隐约约的，我好像听见她说了句"没妈的小孩……"瞬间，我感觉心像被人捏碎了，眼泪一下子就涌了出来，而且很快越流越多，越流越止不住，才一眨眼的工夫，脸就像被淹了。接下来一整个上午，班上好多同学都在悄悄议论我。邻桌的潘小胖一下课就摇头晃脑地追着我喊："没妈的小孩……没妈的小孩……"

"傻×！你给我再说一遍试试！"我对着地，狠啐了一口吐沫说。

"没妈的小孩！怎——么——样——？"

"你敢对我吐舌头？！"

"看我今天不撕烂你的嘴！"

然后，我就冲上去和他对打起来。从学校走廊一路追他到学校的操场上，我满脚的泥疙瘩就是这么来的。他骂我，我就吐他口水！他踢我，我就撕他的脸、他的耳朵！他用拳头砸我，我就用牙齿狠狠地，狠狠地咬他！我恨不得一口咬死他！

几个同学把王老师领到操场的时候，我已经把潘小胖打成了包子。她把我俩分开，然后说现在就要给我爷爷打电话，让我爷爷下午四点半放学的时候来学校一趟！可潘小胖却一点事也没有，也没有被通知喊家长。我当然不服气："凭什么不喊他家长，就喊我的？"她说："谁让你先动手打人的？"我说："是他先骂我的！"她说："他骂你什么了？"我说："反正就是他先骂我的！"她又说："唐敏敏，你是听不懂人话吗？我问你，他骂你什么了？"我看着她，憋了半天，才一字一顿地说："骂……骂……你上午骂我的话！"话音未落，只见她气得两眼发直："小小年纪，跟谁学的胡说八道？你给我听清楚喽，我可从来没有骂过你！"我听她这么说，只觉得非常委屈，又回想上午的事，终于再也忍不住了！我对她龇起了牙，像路边被逼急了的小野狗一样，冲她凶道："我……我……看你就是个妖怪变的！"说完这话，只见她的五官瞬间拧在了一起，都拧变形了，就那副形象简直比上午额角上的两条青筋如毛毛虫那会儿还要恐怖，真就跟一只妖怪在黑暗进化一样，吓得我的心都快要跳出来了！

　　到了下午，她罚我抱头蹲在年级的走廊楼梯口，也不准我上课。然后，好多同学一下课就跑出教室，像看猴儿一样的看我！可我一滴眼泪也没有掉！我就是不掉！就是不掉！就是不掉！我要气死他们不可，我在心里暗暗发誓，这一回绝不让那只"老妖怪"得逞！然后，大约四点半的时候，爷爷来了，她把我爷爷叫去了办公室，我在走廊外面听见她"呜哩哇啦"的说话声，就跟放炮仗一样，可一点儿也没有听见爷爷的声音。大概过了有十来分钟，爷爷终于被放了出来，手里拿着我四十九分的考试卷。爷爷垂耷着头向我走来的时候，我感觉好像是他考了四十九分一样。然后，爷爷扶着抱头蹲在走廊里的我站了起来，用和平时一样的语气对我说："敏敏，快去教室把你的书包拿上，现在可以回家了！"听到他说这话的时候，不知怎么的，我的心里有种说不出的滋味。这之后，我本以为爷爷会批评我几句，可他压根儿没提分数的事，还像往常一样从我手中接过书包往自己的肩上一撂，好像老师递给他的是别人的考试卷似的。然后，我俩就下楼往学校门口走。我一路走，一路偷偷地观察爷爷，爷爷的脸上没有什么表情，和往常一样也没有说话，所以我也看不出他到底是不是在生气，或者难过。他拉着我的手，在走到校门口的时候，还问我想吃什么。我说，随便。他于是就在小卖店里给我买了一包辣条。爷爷知道我平时最喜欢吃辣条。可是，当他把买来的辣条塞到我手里时，我正心烦得要命，于是也不管三七二十一，一把将辣条又给他推了回去，然后说：

"刚才在办公室里，王老师和你说什么了？"

"就说了些你学习上的事情，有好多我也听不很懂——"

"不是听不很懂，是听——不——太——懂——！你怎么说话一天到晚乱七八糟的！"

"哦哦，听不很……太……太懂……"

"你根本就听不懂！"

"……"

"爷爷——为什么偏偏就你这样？"

爷爷直愣愣地看着我。

"就知道给我买辣条、辣条、辣条！我考了四十九分，满分是一百分，不是五十分！我不及格、不及格！全班倒数第一！爷爷你不生气、不着急吗？"我一边说，一边急得在校门口跺脚，冲他大喊，感觉就好像考四十九分的人是背着书包的爷爷一样。

"我同桌，上周数学考试考了八十三分，她说那天回家她妈气得揍了她一顿，又给她报了个补习班！"

"那爷爷明天也给你叫个补习班去！"

"不是叫个补习班，是报个补习班！报——一——个——！"

"报一个报一个，咱也……报一个……"

"我不是这个意思！不是不是不是！"

"我不要上什么破补习班，不要不要不要！"

"……"

那一刻，爷爷的表情就像一个不知错处的小孩儿，看我急得大喊大叫，他只一个劲儿地闷头叹气，连连说道："好好，不要不要……那咱就不叫补习班，不叫补习班，学成啥就是啥！"说完，他又跑来拉我的手，我甩开他几回，他还要拉，非要来拉我！然后，他哄了我半天，等到好容易我的心情平静了些，我才让他拉着我往前走，可直到穿过校门口的窄街，我俩一句话也没有说。爷爷不说话我不知道是为什么，反正我是憋了一肚子的火没处撒。哦不对，应该说是憋了一整天的怨气和委屈才对！穿过校门前的窄街，我俩又走了一段路，但还是谁也没有说话。直到来到小区门口，爷爷突然停下脚步不走了，他站在绿化带旁边，把揣在上衣兜里的辣条又给掏了出来。然后他从袋口上面撕，右边撕，底下撕……没一会儿，一只漂漂亮亮的包装袋就被他揉烂得不像样子，可他就是撕不开。

他皱着眉头对我说："嘻，这么结实，你平时都咋撕开的啊？"然后又是摇头又是叹气的。看着爷爷这副蠢相，我心里在想：袋子左边不是有那么明显的一处豁口吗？你怎么就不知道动动脑子找一找？是不是我这么笨都是从你那里遗传来的啊？我的心情糟透了，可就是不想告诉他袋子上的"机关"！他半天撕不开也急了，干脆左手拽着袋子的左半边，右手拽着右半边，跟打镲似的，猛地用力一拽，顿时欻的一下，袋身崩开了！——只见一根根辣条嗖嗖的，像连发的箭雨般一下子飞出来掉在了地上。爷爷顿时发出"哎哟"连连的惋惜声，然后顾不上掉地的，他忙又朝散架的袋子里看去，说："还好还好，还有几根！"然后，他从里面取出一根慢慢地递到我面前，讨好地说："来，敏敏，吃一个吧！"

"说了不吃不吃，你还要给我！非要给我！"

"……"

"你真是全世界最最最烦人的爷爷！"

爷爷又傻站着不动了，脸上是不知所措的无辜表情。

"你知道我要什么要什么吗？！"

爷爷的喉头微微颤动了一下，像是想说什么，然而又没有说出来。

"你不知道！一天到晚就知道给我买辣条、辣条、辣条！

这是垃圾食品！吃多了会变得跟'人机'一样！你什么都不知道，什么都不知道……你是全世界最最最最笨蛋的爷爷！……"说着说着，我渐渐感到眼睛一阵酸酸胀胀，泪水又要涌出来的感觉，跟着连声音都止不住开始颤抖了。

"我……我知知……知道……"爷爷像生怕说错话似的，忽而声音微抖了一下，变得低低沉沉地，说，"刚才在办公室的时候，你老师都和我说了……"

"老师？她……她和你说……说什么了？……"

"我说，平时……你爸妈都有家庭，工作也忙，赶不到学校来……"

"……"

爷爷看着我。我看着爷爷。在默默对视的这一点点时间里，爷爷的眼睛里好像装着好多好多想说的话，可是，他一句也没有说出来，看着他微微发红的眼睛和眼角两边深深摺拢的皱纹，我的心里有种说不出的难受。他把辣条放回袋子，折卷了几道重又揣回自己的上衣口袋后，又从里面摸出了一小团面纸，那时我的眼泪已经涌了出来。他拿起面纸准备替我擦眼泪的时候，先是背过身去，用手背抹了一下自己的眼角——我不确定那是不是眼泪，但我从来没有见过这样的爷爷，那一刻我觉得我的爷爷又老又可怜，就像路边被我欺负的一棵老树。我的眼泪"吧嗒吧嗒"直掉，可又说不清到底在难过什么，泪水流进嘴里泛出的是苦咸苦咸的味道。爷爷帮我擦眼泪，除了叹气还是叹气，一声连一声，一波又一波，好像如果我哭到明天，他就会帮我擦到明天，哭到后天，他也会帮我擦，他反正会帮我擦——一直擦——擦到地球爆炸为止！

话也不说。

天色一点点变暗了下去。黄浑浑，灰蒙蒙的——像极了眼白与眼黑难解难分的、爷爷的眼睛！看着爷爷混浊的一双眼底，我心里在想，我的难过和爷爷的难过肯定不会是同一桩难过，可我的难过会顺着眼泪流淌出去，爷爷的难过又流不出去，那就会一直一直积压在心里，越积越多，越压越重，他会不会就是被那些堆在心里的难过给压老的呢……

爷爷轻轻地抚了抚我的头，说："敏敏，不哭了……"看我懒得走路，爷爷就把我放在他的背上。那会儿，天已经黑了，路灯一个接一个地亮了起来。我趴在爷爷的背上，连说话的力气都没有了。爷爷像一头犁地的老牛，一步一个脚印地驮着我往小区最后一栋楼走去……那里是我和爷爷的家——南家营 19 栋 201 室。

时间的齿轮在悠悠地轻转。凌晨 3:15。风，拂过杨娟红熟睡的脸颊、颈脖、身躯、脚踝、趾甲缘间的缝隙……它正在把她身体里能驱走的疲倦与烦忧一点点带走。几片被吹落的树叶载着隐隐星光乘风而来，又跌至绵绵细雾中去，尚未抵达宿地，身负的羸弱的碎光就已经漏丢在风中，不见了。带走万物的沉重，是风的善意。徘徊在一指宽的玻璃窗沿边，许久，轻轻悄悄，从发屋里出来，风在空地上撒欢儿，一圈一圈旋转，纵舞一样欢乐。这个世界到处都有它的身影，广阔的原野上有，奔腾的湖海浪尖上有，崎岖的乡村泥路旁有，拥挤的城市楼宇丛林间有……夜空下的南家营小区里，自然也就不会没有。夜晚的天空，是留给万灵的栖息之地。风，驰荡在这里，寻找一个又一个渴望被倾听的心声。现在，它不知从哪儿听到了一些充满忧愁的唉叹声，这些声音从何而来？风很好奇，于是寻找，循着那声音一点点找寻，找寻源头……风的耳朵天生灵敏，听得懂这世间的万千种语言。这不，一抚耳，便听出来了，——那是从最后的一栋楼里传出来的。风拖着簌簌啸音的碎步，向那栋楼探去……寻去……懒懒洋洋，摇摇晃晃。来到一楼。城郊的旧楼道，从来都是一副不甘寂寞的模样。这里也不例外，婴儿床、置物筐、塑料桶、矿泉水瓶、硬纸箱……角角落落到处堆放着长期不用，又不舍得丢弃的各色杂物，这些废旧的杂物把原本促狭的空间挤塞得满满当当，给人一种气促之感。不过，也许正是因为有这份满当的撑持，在这样深的夜晚，风来到这里才会觉得这份积压在楼道里的暗，不是那么冷冷寂寂，而是一种温温暖暖，可着人心的暗。19栋102室门前的水门汀地上立着一只饱鼓鼓的蛇皮袋子，风嗖的一声钻穿进去一看，原来是一袋回收来的瓶瓶罐罐。风想，这应该是102的住户放在这里的。从这些杂物中间挨挨擦擦地穿过，立定在楼道里刚准备歇口气，便听见楼上又传出一波鼾躯声，"躯——躯——"那一声声喉音，深长而粗重，像是郁郁不舒的，风能觉出来。这会儿，这些鼾声和那些不断飘出的愁叹声交织在一起，就像一曲圆融的和声在楼道里回萦不尽。有人叹息，有人安睡，这世间各种驳杂的声音如同大大小小严丝合缝的齿轮，彼此咬合、转动、互不干预又默默缔连，循环往复，生生不息，直待汇入漫长无尽的时间河流。在楼道里徘徊一阵，风蠕蠕地蹭上了二楼，这时它意外地发现201室的房门没有关严，厚厚的门板在它的轻推下一张一翕，而那一波波叹气声也像是从这户人家传出来的。风很好奇，哧溜一下钻了进去。来到客厅，又到厨房、阳台、卧室……风在角角落落里翻翻找找，直到看见位于过道尽处一扇挂着铜风铃的木门，正微微敞着。风这才移步过去，它轻轻靠近一点，门就自然而然向后退却一点，这时候的铜风铃就会蹦蹦跳跳地踏出一阵"叮叮当当"的悦耳轻响，欢迎它来似的；当风的脚步迈得再大力一些，门扇便又悠悠地反弹回来，这时的铜风铃便会荡起浑圆的脚尖踮在板壁上，叩出几个与脆润的金属声完全不同的，沉浊钝钝的"笃——笃——"声，且还是锵锵配合的节奏。

移步进去……

这里瞧瞧，那里看看——

哦，原来这是个孩子的房间！没错。只是，房里没有人。可这声音明明出自这里，切切实实。风很纳闷儿，它静候在门口观望了一会儿，终于发现了端倪。迎门的儿童床上，叠放着一床空调被。风看了看，被罩上印有一个高举圣剑的美少女战士——是她，是她在叹气？一声一声，长长短短，起起落落……风很惊讶，移步过去，可这边叹声尚未歇停，那边忽又几声猝然而至，音色也不尽相同，听起来更加浑厚。风很好奇，目光紧随——原来，床头旁的书桌也在发出幽幽的叹声。风正欲开口探问究竟，恰又看见桌台上的置物格里放着一张吐舌头扮鬼脸的小女孩的照片。这时，一旁手持魔法棒的小精灵笔袋、彩虹铅笔盒、蘑菇闹钟，还有戴花领结的玩偶小熊，竟全都不约而同地叹起气来。

"你们这是怎么了？"风好奇地问道。

小家伙们个个垂头丧气，也不回应，继续唉声不断。

风想了想，又道："别愁眉苦脸的，告诉我有什么困难，没准我能帮到你们呢！"

一听这话，戴领结的小熊顿时振作起来，嘟哝着："唉，还不是因为我家小主人到现在都还没回来嘛！"

听小熊这么一说，其余的小家伙们也都按捺不住，纷纷聒噪起来，争先恐后道："是啊是啊，风伯伯，您看这都快凌晨四点了，我家小主人还没回来，这可是从没有过的事，我们大伙儿都快着急死啦！"

"风伯伯，风伯伯，您跑得最快了，要不您试着帮我们去周边找找我家小主人吧！"笔袋上的小精灵眨了眨一双萌萌大眼说。

"对对对！这倒是个好主意！是个好主意……"大家顿时异口同声地附和道。

"呃——你们家小主人……我想，她肯定是个贪玩的孩子吧！"风沉着嗓子说。

"欸？您……您……怎……么知道？"

"嘻，瞅她那副淘气样儿，不用猜都知道！"风指向桌上相框里的搞怪照片说。

只见照片里的小女孩又拉眼皮又吐舌头，一副和人作对的表情。

"好吧好吧，老实说，我家小主人平时的确是贪玩了点，不过她也从来没有玩到半夜不回家的情况！"

"风伯伯，别管那么多了，您就帮我们找找她吧！"

"对对对！拜托拜托，就拜托您了……"又是一波异口同声地央求。

"哎，要不这样吧，你们告诉我她平时都爱去哪儿玩。待我一会儿有空了，帮你们去找找也行！"

"那可真是太好了！"桌台上的闹钟一听这话，忙兴奋道："我家的小主人平时就爱到处瞎逛，爱去的地方多着呢！比如，像附近的小公园、大超市、河埂边、汽车站……"蘑菇闹钟摇晃着一双圆圆的耳朵正说在兴头上，不想竟被身旁一个不耐烦的声音给打断了。

"蠢——蛋！"高举圣剑的美少女战士插嘴道："你还不如干脆直接这样说，除了家和学校，咱们小主人哪儿都爱去呢！"

"对……对对对……"大伙儿忍不住咯咯大笑一阵，接着像复读机一样七嘴八舌地又附和道："我家的小主人就是不爱待在家里和学校，不爱待在家里和学校……哈哈哈……"

"哈哈哈哈……"

"笑什么笑？有什么好笑的？！不爱待怎么了？桌子、板凳、书包、铅笔盒、闹钟，说你们几个呢！都给我听好喽！不！许！笑！主人派我守在这儿对着你们，心里难道就没点数吗？你们要是再敢胡说乱笑，小心我把你们砍成稀巴烂！"

话音一落，气氛顿时变得凝重。小家伙们纷纷敛声屏息，收住了笑，一时再不敢出声了。

"可是，如果有那么多她平时爱去的地方，我又该上哪儿去找呢？"风面露难色道。

大伙儿顿时面面相觑，一时也不敢冒然凑上来接话。

美少女战士嘟起小嘴，摸着下巴，思忖片刻后，说："现在都这么晚了，别的地方恐怕早就关门了。要说找，我看只能去附近试试，不过如果实在找不着的话，也就只能等到天亮以后再说了！"

风点了点头，沉吟了一下，又问："哦对了，你们小主人叫什么名字？"

"唐敏敏，也叫小丸子！"美少女战士张口道。

"好吧，如果有消息，我会第一时间回来告诉你们的！"话音落去，只听"呼嗖"一声，便不见了风的身影。

铜风铃柔润的轻响像水波一样层层漾开，余音袅袅，悦耳的响声为这间原本幽闷的房子注入了一些隐隐活泼的声色，抹消了叹息，小女孩的房间像晨间的集市般又恢复如前，聒聒噪噪，好不热闹。

大伙儿又接着开始议论纷纷。小家伙们个个都以为风伯伯会像电视剧里演的人民警察一样，在接到报案后第一时间帮它们找小主人去，它们不会想到，风对这样的事早已见怪不怪。离开了小女孩的房间，风顺沿着高墙外壁遛遛转转，现在它感到有些累，于是"咪溜"从气窗又钻进了同层的另一户——202室。溜进的这间房，简朴的陈设和这座城万千普通家庭一样，一眼便知这柴米油盐的日子是掰数着工资过的。简易的木方桌，掉了漆，又磕了边，边边角角尽是惹眼的旧"疤疤"，像这样的家具丢在路边要靠走大运才可能被"收编"再利用的。餐桌旁，许配给它的三张餐椅一看就不是原配——轻巧的折叠吹塑椅，是活跃在菜市场杂货铺里的热销款式。它们围凑在一块儿，虽然看着不伦不类，但好在"门当户对"，谁也别想多嫌弃谁一点。临挨在椅子旁边的是一张双人布艺沙发，颜色是耐脏的深麻灰色，也许因为工龄过长，或者原先就是"拼团"抢购来的，这张沙发看上去就没什么"精气神"，身板全是软塌塌的，好像只要坐下去就会瘫陷很深，和那些失恋的人似的，若不借助一番外力短时间很难再站起来。客厅既是餐厅，餐厅也是客厅，既当骡子又当马，一点商量的余地也没有。而那一杆子正在阳台上晾挂的衣物，就更尴尬了，从客厅方向看过去，一件一件扢铮铮地端立在那里，好像排队等着上台表演似的。然而一走近看，就会知道多是些淘汰很久的款式，试想衣服的主人若是哪天穿上它们去办点面子上的事，不给搅黄就算幸运的了。风，赖在客厅的地板上，逛了一天的它现在哪儿都不想去，就想躺着舒服舒服，过一会儿它还得去找人，不管能不能找到那个没回家的小女孩，它起码得给那群小家伙一个交代。风，就这么懒洋洋地微闭着眼，一会儿用余光瞟瞟这里，一会儿又瞄瞄那里。鼾声时不时从卧室里飘出来，忽而高，忽而低，忽而强，忽而弱，好像掀起的一阵阵海浪，这声音搅扰得风很不安宁。它望向鼾声连连的卧室，心想：星期五的夜晚，是这座城忙碌生活里的一个休止符，一场比平日更放松、更富有激情的缠绵，是未来

59

周末两天赋予人们享受快乐的门票，无论贫富，统统赠送。男人一波未完一波又起的鼾声，听上去比风先前在门外听到的更加沉实、浑重，像暴风雨前沉闷的雷声。风想：卧室的床上应该是一男一女，他们肯定是才使用过这张"门票"不久，忙累了，所以才会睡得这般实沉。想到这儿，风不由抿嘴一笑，学着它脑海中男人的那副睡相，也微张着嘴，轻皱起眉，深吸一口，再悠悠地呼吐出去，打一个深深的长长的呼噜，还挺有趣的。未来，将是多么漫长啊！风又想：三十年，或者四十年，甚至更久，这对男女将要一起度过，他们之间要拥有何等坚固的爱情才能抵御时间的腐蚀，直至相伴走到生命的尽头？造物主设置在男女之间的亲密互动，难道只是因为对人类的爱情缺乏信心，所以才故意设下这一套加固的"密钥"，以求人们在漫长的婚姻生活中得以尽可能维持长久的一个生理 Bug？风，想不明白。它体会不出造物主的深意，以及它所创造的这一个又一个如藤蔓般纷繁复杂的人类心灵世界。卧室的地板上，散落着T 恤、汗衫、裤、袜……鼾声被一点点卷进了风的怀抱，这些衣物也好像受到了灵力的召唤，微仰着"身体"，纷纷摆出一副想要跟随它飞的姿态。鼾声起伏，跌跌宕宕。静落休歇的间隙，一滴匀润的水滴声流淌进风的耳朵。风继而向卧室旁边望去，只见一旁的卫生间里，浴缸上方立着一个旋拧式的水龙头，浴缸里积盛了半缸清水。这会儿，水嘴还在加班，这边吐完一滴，赶紧敛声又攒劲去吐下一滴，一副勤勤恳恳的模样，它和这个家里所有正在效力的"劳模"一样，都有点鞠躬尽瘁的意思，可也不知这股子热诚和拼劲儿是从哪儿来的，风看着有点感动，又有点好笑。一年中，它见到最多的，便是像这样一个又一个普普通通的家庭——正年轻的，或者已经年轻过，走向暮年的。和这户人家一样，他们的生活也是一望即知，甚难有悬念的。窗外的路灯，在漫漫夜雾的遮罩下，像是蒙上了一层淡淡的烟灰，影影绰绰的。风望向窗外，候了一会儿，又听到外面飘进来一个声音：

"嗨，兄弟，时间不早了，再磨蹭下去天都快要亮啦！"

——原来是雾！它在催风赶紧走呢！

风这才不情愿地坐起身，看着卧室的窗户正巧开着，它便朝窗边移去……它的动作太快了，以至于全然没有留意卧室里的异样。它没有发现散在地板上的衣物清一色都是男式的，女式的不是在衣帽架上挂着，就是整齐划一地留在衣柜里。风也没有来得及发现这些男款上衣、裤子的好些口袋都被翻掏了出来，甚至就连几只袜子也没有例外。风从它们中间蹿过时，那些被翻掏出来的一小撮一小撮里布，就像一根根纤软的"舌头"在舔着风。

"嗣——嗣——"

风什么也没有在意，就急急一个纵身便逾出窗外，融进了这片茫茫漆黑的夜海之中……

它可真是个不折不扣的老糊涂哩！

"刘顺！"

"醒醒，该下车了！"

"唔唔……"

"到地方了！"

"这……这么快？到……到哪儿了？"

"快什么呀！你都睡一路了！"

"我睡……睡……着了？"我坐直了身子，揉了揉眼，又伸了个懒腰。

"几点了现在？"

"该有十点了。"

"雾怎么还没散？"我挠了挠头，向着窗外道。

车停在路边。四顾一番，车窗玻璃全是白蒙蒙一片，就像缠满缫丝的茧房。

"我刚做了个梦，你猜我梦见什么了？"我拍了拍筱英的肩道。

"赶紧把东西收拾收拾，别啰嗦了，人家都走完了……"

"我梦见咱家隔壁——"

"小……小小……"

"小……袜（丸）……丸子？！"舌头突然打结只因我忽然发现小丸子就坐在我身后。不仅如此，更令我感到惊奇的是，我发现自己还坐在倒数第二排紧邻车窗的位置，而坐在最后排的，也还只有小丸子一人！现在，除了筱英在我旁边，其余均无变化。我盯着小丸子，也许恰巧听到我在提她的名字，她忙凑到我耳边，轻声道："你看，我没骗你吧，阿姨这不是来了吗？"接着，她又对我做了一串调皮搞怪的表情。

"快走吧，"筱英一边拉着我往前走，一边说，"欸，你刚说梦见什么了？"

"没……没什么……"我的额头冷不丁有点冒汗。

"小丸子怎么会在车上？"

"这有什么好奇怪的！她不经常背着她爷爷瞎胡跑吗？"

"可这又不是在家门口，她一个人跑到这么远的地方来，万一走丢了怎么办？"

"就你爱管闲事！"

"这怎么能叫爱管闲事？"我顿时有些着急，想了想，又道，"等一等——"

"楼下的老板娘也在车上？"我一把拉住她问。

"哪个老板娘？"

"做头发的。"

"你是说娟红？"

"对。"

"刚下车了。"

"她店里的小伙子呢？"

"下去了呀。"

"那她老公呢？"

"全都下车了，你怎么这么啰嗦？"

"还有谁？"

"什么还有谁？"

"我是问，谁还在这辆车上？"

"天哪，刚上车的时候你不都和他们打过招呼了吗？这会儿怎么跟吃错药似的，全都不记得啦？"

"……"

听她这么一说，我感觉脑袋快要爆炸了！我忙停下脚步，也没心情往前走了。我站在过道中间，看着敞开的车门，尘灰一样的雾气正源源不断地飘进来。筱英又来拉我，可我还是无心挪步。无论如何得把事情捋出个头绪来！我心里在想。

"隔壁家的小丸子，楼下的娟红和她老公、小毛，还有一楼的蒋老太太和她儿子，再就是你和我，再没谁了！"筱英见拉不动我，只好回过身来道。

思绪又被打乱了。

"蒋老太太……你是说，庞俊锋也来了？"

"不不，不是庞俊锋，是俊锋他哥，那人咱俩没怎么见过！"

"既然没怎么见过，你怎么知道是他哥？"

"你忘了老太太成天挂脖子上的那张照片了吗？"

"照片？"我顿时开始回忆起来。

64

"行了，不说了，赶紧走，人家司机还等着把车开走呢！"筱英不耐烦道。

　　一番催促下，我才继续移动，然而心里却在默默清点车上的人数。走到车门前我随眼一看，驾驶位上也没人，司机什么时候下的车也不知道。涌来的雾气贴在我的脸上、颈间，除去黏黏的湿气，好像还混合着一股微微刺激的奇异的草木苦香。我一级一级地走下台阶，然而越往下走，越觉得这股气味熟悉，当走到最后一层时，我已经能够分辨出苦艾草的气味。要说起来，我对这类植物并不陌生，农村的小路旁经常能够见到这种野蒿草，只是现在的这股气味过于浓腻，刚才呼吸几口便好像产生了一种奇妙的轻飘飘的虚浮感。恍惚间，地面变得极为柔软，软得好像拉着身体一点一点往下沉。吸陷的惶恐使我连连跺脚，不想这么一跺，整个人又缓缓慢慢地回弹了上来。我注视着脚下与柏油路毗邻的草地，又踩了两下，幸而奇怪的沉陷感没有再次出现，这才使我长松一口气。难不成这附近有许多野蒿子？我一边想，一边放眼望去，果不然！几米开外，在临近公路的野地旁，有一片接近半人高的艾草丛，它们一株挨一株，连成一片，一直蜿蜒至绿地的尽头。它们草叶葳蕤，层层叠叠，裂齿形的暗绿色叶片，在薄薄山雾的笼罩下呈现出像是挂了霜的一派灰绿色。如果说人的血液是红色，植物的血液是绿色，眼前这片草丛就好像"贫血者"的病容。小时候，听村里的老人们说过，苦艾草的香气致幻，我还不信，今天总算感受到了。掺杂了雾的茸茸灰绿，不只在远处，近处也都弥漫着闷青色的雾岚。郊外的天空要比城里澄澈，雾因而看起来也就更加轻薄，藕断丝连，相互牵扯着游走，不像在城市里到处是浩浩荡荡的阵势。下了车，去到路对面后，我摸出了一支烟，燃着，嘬起来。看着这片山雾随心所欲地变换着自己的模样，忽而像朵朵雪团，忽而像绒绒蛛网，忽而又像条条轻纱……尽情缠闹于万绿之间。我心想，这么大老远跑到这儿来，该不会就为了赏这些吧！除了艾草丛和一些叫不上名称的野灌木和杂树丛，往远了看，是一片灰茫茫的林地，一棵棵又直又高的杨树附着在幽旷的野地里，褐色的鸟群在低矮的天空下飞来飞去。我一边嘬烟，一边将烟灰弹向垃圾桶。嘬几口，弹一下，脑袋感觉空空的。筱英干吗要拉我到这么荒芜的地方来？我一点儿不觉得这里风景宜人。我感觉我们就像是被流放到这里，不像来旅游的。正想着，眼波一转，看到对面有个人影晃了一下，然后只听"豁喇"一声，紧跟着后车门又发出同样的一声，两扇车门陆续关闭。一波轻晃后，车子便朝着路前方缓缓驶去……

"哎呀——"我突然想起来道，"小丸子！"

"怎么了？"

"那小鬼不还在车上吗？"

"那有什么？"

"她不没下车吗！"

"肯定跟车到别处疯去了！"

"跟谁？车上不是没人了吗？"

"司机不是人啊？"

"跟司机？"

"那可不，你想想，她既然能跟这辆车来，肯定认识那司机，像这种山山水水慢节奏的风景区，本来也不讨小孩子喜欢，估计人家带她去人多热闹的地方玩去了！"

"可是——"

"有什么好可是的？街坊邻居不都在跟前看着的嘛！难不成人家还能把这孩子给拐卖啦？"

"况且再说了，这么淘的丫头搁谁家谁倒霉！"

"……"

目光随车至远处，想了想，我回过身，又道："他们下午几点来接我们回去？"

"差不多四点吧，不出意外的话——"她说，然而声音听上去混混沌沌的。

"不出意外？你这话听着怪怪的。"

"什么怪怪的？……"

"说实话，我觉得你挑的这地儿真不怎么样，跟乱葬岗似的！"

"什么？我挑的地儿？你倒是好好想想，这到底是谁挑的地儿？"筱英顿时白了我一眼，说着又从挎包里掏出了一张彩色导览图，对照着地图往周边看了又看。

"……"

"没错，跟着前面的人从那条小路进去是对的！"她一边说，一边指向与路相连的一条石子甬路。小路上三三两两的游人正走着。隐隐约约，路尽头全不见树木，一片荒地似的。我就这么跟在筱英身后，任她一路说我们应该先去哪儿，再去哪儿。她时不时地对照地图，说她觉得什么地方可能好玩，什么地方可能无聊。偶尔她也会停下，征求一下我的意见，她说什么，我都说好，全听她的安排。不过，我压根儿没往心里去，我还在担心小丸子，总想着给她的爷爷打个电话。担心之余，我又纳闷儿楼下的老板娘放着大好的星期六不做生意，竟堂而皇之地和她的小妮头跑出来旅游，并且居然还带着她的老公！还有一楼的蒋老太太，就我所知，自从我和筱英结婚以来，一直都是她的小儿子在照顾她，几乎没见老大来过，怎么今天竟然变成老大带老人出来旅游了？我越想越觉得蹊跷。再然后，就是我自己，筱英说，这地方是我挑的，我明明记得是她一早提出要来这里玩的，怎么现在又赖到我的头上，变成是我的主意了？充斥在脑海里的一堆疑问纠缠着我，使我一边走一边不由得开始回想……从昨天早晨开始，也就是星期五，点点滴滴不落，一直、一直回忆到傍晚时分，这才好像终于觉出了一点异样的眉目来。

傍晚时分，我从单位下班回家，走到小区门口时顺便到小店买烟，买完了烟，口袋里不知怎么摸出了点零钱，于是心血来潮便买了几张刮刮乐。可谁能想到我竟然交了好运，这一刮居然让我刮中奖了，中了三千块！我当时真是高兴坏了，这是我平生头一次中奖！我当时就想，这钱我不告诉筱英，就自个儿留在身边，平时没事和哥儿们聚会喝顿小酒，买点好烟抽抽啥的。结果，谁能想到，小店老板竟然向我推销旅游产品！他说，难得中一回奖，明天又是周末，不如带老婆孩子出去玩一趟，还蛮有纪念意义的。我一听，觉得这个主意挺不错，但一看时间，都五点多了。再一想，今天是星期五，下午三点半放学的壮壮，这个点估计已经被筱英送到奶奶家去了。想到小孩不在身边，就大人玩也没意思，我又有点打退堂鼓。犹豫了一会儿，又一想，自从有了壮壮以后，这些年我和筱英的日子过得紧巴巴的，两人很久没出去好好玩过了……这么想着，便对老板说，这样吧，周末小孩不在家，还是我和我老婆两人去得了。然后，我就让他给我推荐周边的旅行线路。老板想了想，说，"布洛湾国家级湿地森林公园"组团发车两个半小时，是最近周边才开发的一处纯天然景区，风景好不说，知道的人还不多，而且现在正好在做周末特价活动，每人只要199元，性价比超高。说完，他便从柜台下面抽出一张宣传彩页给我。接过单页，我也没细看，就说行吧，然后便让他帮我订了两张票。所以，这地方是小店老板帮我挑的，我可算是想起来了！

"其实，这也不是我挑的地儿，是楼下的小店老板说这地方好，'安利'给我的！"我对着手捧地图的筱英说。

"好不好，等玩完了才知道，你刚来就说这里像乱葬岗，哪儿有这么扫人兴的？"

"……"

"嗳，我说，你老摸手机出来是要给谁打电话呢？"

"奇怪！该不会是坏了吧？怎么手机在哪儿都拨不通？"

"我问你给谁打电话呢？"

"小丸子爷爷。"

"你咋这么爱管闲事？我刚才不都说了吗，一车都是家门口邻居，怎么就你爱跟着操心？肯定是她爷爷和那司机认识，特意让带小丸子出来玩的！"

"会这样吗？"

"怎么不会？！"

"……"

被筱英一再反驳，虽说我仍心有不安，却也只能收起手机。也不知是我和她走得太慢，还是前面的人步伐太快的缘故，我俩很快便被甩出了一大截，先前还历历可辨的一些人影，片刻间和活跃在远处的鸟群一样，渐变成了一小丛移动的斑点在我的视线尽头隐隐晃动，还有些则在不知不觉间就这么默默地消失了。风声，现在是在我耳边唯一回萦的声音。这是个九月里的周末，天气算不上晴好，我和筱英在森林公园里观光，旅游的钱是我昨天中奖得来的。走在蜿蜒的林间小路上，我们交谈的内容和在家时差不多，卫生应该从哪间房开始打扫，本学期壮壮的家长会该由谁去合适，菜色的咸淡，马桶圈周边残留的尿液，家庭日常花销的去向……一切琐碎到不能再琐碎，比如现在是否应该给小丸子的爷爷打电话这种小事都会搁置在我们中间，成为一项议题，一切似乎只是换了讨论的地点而已，意见的分歧、口角的爆发随时可能出现。但情况又略有一点不同，不同在于倘若在家里，遇到话不投机时，我可以找个借口出门，或者去别的房间里待着，刷刷小视频，或者看看网络小说，时间是很好打发的。可现在，在这么广阔的天地下，我反而觉得无处可去。我是来旅游的，我现在唯一，或者说最应该配合做的，就是心无旁骛，尽情尽兴地游玩。我和筱英的交流一度搁浅，忽降的沉默让我感到原来旅游并不像我想象得那么轻松有趣，当旅游失去了该有的心情，仅剩下字面意义时，一种奇怪的枯燥感便会随之而来——如同生活，当生活摒弃了缤纷多彩的意义，仅剩下某一种狭隘的可能性时，连同人的行为都会变得机械而僵硬，这种僵硬最先让我体会到的是欲望的丧失。像现在，我就没有交流的欲望。旅游最重要的是说话，尽可能多地和身边的人说话，说看到的、没看到的、想到的、没想到的、过去的、现在的，以及未来的……侃天侃地一路说下去，没完没了最好。旅游竟然是和说话捆绑在一起的，这是我过去从未思考过的问题。

沉默，流淌在我们之间。我没有什么想对她说的，而她，在我沉默的这段时间里，恰好也没有和我说话，她没有说话的原因是和我一样无话可说，还是在想别的事情，我无法知道。走下去，去到地图上需要我们到达的某个地方，下一个地方，再下一个地方，直至所有地方……然后结束这趟旅程——在这一刻，似乎成了我心中唯一渴望尽快完成的心愿。

我的目光聚焦在林地的深处，人随脚走。在一些时间里，我觉得这条路很长，过于漫长，好像没有尽头一样。我和筱英的沉默，好像将各自闭锁在自己的世界里，看得见彼此，却忽略彼此，没有交流。我们的距离看似切近，却又好似遥远，远得就好像专门为获得免费旅游机会临时拼凑成的一对陌生旅伴组合。疏旷的林地中间被攫去一块，石子甬路的尽头是一片寂寥的景象，我不知道那里会有什么，却又不想打破沉默向手持地图的筱英发问，我宁愿将脑海里想象的"漂流瓶"掷向那里，等待谜底自动为我揭晓后顺其自然地照单全收。

　　那里真的有一面湖在！湖面上氤氲着湿润迷蒙的水雾。远远看去，水天一色，波平如镜。后来，当我再次回到这里看到这面镜湖的时候，很意外的，它居然和现在呈现出的一模一样！然而时间如果倒退，回到现在我所身处的这个时空里，再往前，接下去发生的事情却是令我万万没有想到的！当走到距离湖岸边仅仅只有十来米远时，我忽然看见湖面上激溅起一大片水花，水花翻卷得很大，再望向周边，除了歇泊在不远处的一条小木船和游弋于湖心湿地的几只水鸟，看上去并没有能够制造出很大动静的力量存在。我好奇地指向那片水花，对筱英喊道："快看！"

　　水花翻滚，汹涌而激荡，像一道道高压水箭向四面八方激射而去，湖面瞬间变得躁动起来。

"看见了吗？"我的声音不觉发抖。

"看看……看……见了……"筱英顺着我指的方向望去。

"刚才——"

"是的，刚才！"

"你看见什么了？"我转向她问。

"……"

"我问你看见什么了？"我大声道。

"像是……有……有人掉……掉掉湖里去了？"筱英疑惑道。

我迈开脚步急向前奔，在急急地奔跑中，湖中的身影一直在我的眼底聚焦，晃动。剧烈的摇晃令我一时分辨不出到底是人在水中挣扎，还是奔跑带给我的错觉。跑到临近的湖岸边，湖面已经恢复如初。湖面中央漂着一层白蒙蒙的异物，远远看去有点像塑料袋但又不像。它迎着微风，乘着水雾，一漾一漾的，然而没一会儿，又顺着水流动的方向静静地被推向了深远处。

"那是人吗？"我向着湖中央指去。

"不可能，人淹死没这么快浮上来的！"

"那要不是人，会是什么？"

"你管那么多干吗？又不关咱们的事，赶紧走！"

"等一等。"

"……"

"你看见有人掉下去了，是不？"

筱英的脸色顿时变得煞白。

"是不是？"

"是又怎样？刘顺，你给我听好了，别多管闲事！咱俩是出来玩的，难道你想在这儿等警察来，白搭上我们好不容易才有的一天时间吗？"

"可是，万一落水的是咱们车上的人呢？"说时，我忽又想起偷跑出来的小丸子。

"那也不关你的事！"

"……"

"更何况，你怎么知道人家是落水还是投湖？"

"不管是落水还是投湖，事关人命，都应该报警吧？"我极力同她置辩。

"报你个头！你这么爱管闲事，有本事跳下去把人救上来呀，说不定现在还能把人给救活呢！"

"我又不会游泳！"

"会游你也没胆跳下去！"

"……"

争吵由此爆发。她一句我一句，互不相让。

恰在此时，湖面上一阵风背对着她直吹了过来，她的头发一下子被吹乱了，一窝蜂似的扑散在她额前和两侧脸颊处。我看着她，她的样子在我眼中忽然变得古怪又可疑。她尖锐的说话声，就像无数细密的尖针扎进我的耳膜，致使我的脑袋不断地发出漏风般的蜂鸣。

凌晨 4:05。在静波微澜的水面上，南家营小区后门的河道里，正漂浮着一个小女孩。充满泥腥的河水将小女孩的身体浸泡得微微膨胀，尤其是圆圆的小肚子，松松软软的，触上去就像一只没充足气的皮球。几个小时前，在历经了一波短暂的求生挣扎之后，她沉了下去，现在又浮升了上来。没有人知道她为什么会出现在这里，生前遭遇了什么。是失足，还是投河？一切都是谜。此刻，女孩的身边陪漂着一只卡通玩偶，玩偶悠悠地浮荡在女孩的臂弯里，忽而左，忽而右，安安静静的。它挨着她，她搂着它。玩偶的脸上挂着讨喜的、甜净的微笑。她俩看上去就像是一对假期出游的快乐母女。

　　——自由地，漂在河道上。

　　死亡，在银色的月光下，就像是一场令人期许的、久违的欢聚。

我和筱英就像下过战书，特意挑到这里来吵架的。我说，不懂她怎么想的。筱英说，她不想卷进麻烦，所以谁死她都管不着。我说，要是换成她遭遇危险，是不是我也可以丢下她不管？没想，话音未落，她便来激我，说，别说管不管，就算她让管，我也未必会管。我又一次被她撑得无话可说。

　　迫于筱英喋喋不休的压力，我不得不随她离开。依循着湖边小路的指示牌一路向前。她拉着我，步速一度很快，像是只想尽快与我离开这里。然而疾走一阵，也许是湖区面积过大的缘故，很长时间我们还是一直临湖在转，绕不开似的。清风涤荡，湖水轻轻拍打着石岸，时不时传来阵阵轻盈的水浪声。我偶尔回头望向湖心处，雾气袅袅，于一片朦胧中先前浮荡于水面中央的漂浮物不见了。这面湖，是筱英在地图上标注出的第一处景点——布洛湾森林湖。薄雾之下，湖面上时而行经三三两两，大大小小，通体雪白，时而飞翔，时而游弋于水面的黄嘴白鹭。闲走一阵，我感觉小腿隐隐有些酸胀，恰看见每隔几米就会有专供游人歇坐的长椅，便提出休息一会儿再走。筱英站在一旁，看我迫切地坐下，又开始奚落我，骂我懒得跟头猪一样，然后又说她每天在超市里工作十多个小时，除了上厕所能蹲下，其余时间几乎都得站着，而我上班至少都能坐着，还说她每天下班回来都要给我和孩子做饭，打扫卫生，晚上还要辅导孩子功课，一天到晚忙活得停不下来，而我除了刷几只碗筷什么家务活也不分担，就只会躺在床上刷浪费时间的小视频。现在难得出来旅游一趟，没走几步就喊走不动了，真是没用！眼看她的话痨模式又要启动，我只忙点头，说，对对，这个家劳苦功高，最该授予劳模称号的就是她吴筱英。一听这话，她的心情方才略略转好了一些，说，就想从我这里听到这句话！我和筱英就这么坐着，有一搭没一搭地闲扯着。又说了一会儿，我一转身子，无意间发现隔着几米外的另一张长椅上，坐着个老人，看上去好像也是走累了，正在长椅上休息。由于相隔不远，我很快便认出她是住我家楼下的蒋老太太，而长椅旁边还站着个中年男人，正在抽烟。男人身穿一件蓝衬衣，看着并不眼熟，但如果按照筱英的说法，他很可能是蒋老太太的大儿子。蒋老太太住在我家楼下，人不坏，就是嘴碎，一年三百六十五天都和小儿子住在一起。说起来，她是个名副其实的怪老婆。她患有慢性肾衰竭和轻度的老年痴呆症，脖子上常年挂着一只类似工作证的卡套，卡套里放着一张全家福照片，照片上有她已经过世的老伴、她和两个儿子。照片下方写着：如走失，请与我联系，跟着是一串手机号码，那是他小儿子庞俊锋的手机号。庞俊锋是个混混，据说平时靠帮人收烂账为生，早两年也曾正儿八经地谈过几个本地对象，可到最后都因女方家嫌弃他家有个医疗费无底洞的老妈而告吹，所以三十大几的庞俊锋至今打着光棍。而之所以说蒋老太太为人奇葩，是因为庞俊锋一年到头照顾她，却很少听到老太太在街坊邻居面前称赞她这个小儿子，倒是成天将她从未露面的大儿子挂在嘴边，说老大怎么有本事，从小聪明学习好，能力强，当年在老家是村上难得几个考上大学的高才生之一，现在在某市工商局当局长，本事能通天。别看老太太平时常犯糊涂，可每每说到这一段，脑袋就像用玻璃水擦洗过一样清亮澄明，无论什么时候那都是滔滔不绝，没完没了。

"成天吹她家老大怎么好，怎么怎么有本事，可也没见人家把她当回事，逢年过节来看看她！"背地里，筱英经常在我面前揶揄蒋老太太。

"你怎么知道没来，你又不是二十四小时在人家里候着，难不成人家来看望老妈还得向你通报不成？"

"嘁，要是真有来，她呀，早就在这一带呱呱开，吹破天了，还用得着专门向我通报？你也太不了解她了！"筱英摇头咂舌道。

"就你这张嘴啊，不去报名参加脱口秀我都替你可惜！"

"可不就是嘛！你看，人家庞俊锋任劳任怨多少年如一日地伺候她，也不嫌弃她，却捞不着她什么好话！依我看，这人哪，就一个字——贱！"

"你就不能留点口德吗？"

"我哪儿说错了？"

"……"

平日里，一些破碎的记忆被我重又拾起。休息片刻后，我和筱英再度出发，直到走远再回头时，我看见站在湖边的男子还在自顾自地埋头抽烟，而老太太仍旧独坐在长椅上，看不出他们之间有什么亲密的交流。薄薄的雾气像一面纱帐笼罩在这对久违不见的母子之间。许久的沉默，相隔的距离，淡淡的迷雾……一道道阻隔叠加起来，使得原本沉寂的氛围看起来更加淡漠、疏离。

"人老了，就是个累赘！没病还好，有病拖累人，子女才嫌弃！"我们一边向前走着，筱英又把话题扯回到老人身上。

"瞧你这话说的！谁还没有老的那一天？"

"是啊，说得轻松，谁还没有老的那一天……"她重复着这句话，然后幽长地一声叹息道，"等到咱们老了，没准也会被儿子嫌弃吧！"正说着，她的神情又变得惆怅起来。

"别把人都想得和你一样，行不行？"我立刻驳道："至少人家庞俊锋对老母亲就挺好啊！"

"那还不是因为老太太有本事，生了两个儿子，有备胎！你有吗？"

"你……我说，咱俩能不能别抬杠了？"

"让你养，你也养不起！"她又来酸我，"一个你都没钱养！还两个呢！"

我实在懒得接话。她说她的，我全当没听见。筱英几次用目光试探我，我都故意别过脸去，以回避与她目光交涉，再生口角。她看我没有心情说话，只好近乎自语似的又回到她家长里短的唠叨里。这时我越发地懊恼自己做出带她出来旅游的决定。我们默默地沿着湖岸边走，时空就像一只巨大的容器将周遭的一切牢牢笼罩。万籁俱静，而似乎只有这面镜湖，在随着我们的步伐轻摆，它就像一面晃动、朦胧的千年古镜，一刻不离地伴随着我们向前。一直向前……

"距离下一处景点，到底还有多远？"我不耐烦地问。

"吵吵什么，这不就快到了嘛！"说着，筱英指向不远处停靠船只的游客码头说。

"怎么？还要坐船？"我不由诧异。

"瞧见了吗？"正说着，她抬起手臂，顺沿着平直的视线指向湖心处。隐隐约约，只见氤氲着雾岚的湖中央仿佛有一条翡翠色的绸带，绸带上面突起一丛丛麻麻刺刺、形状不规则的绿草球。也许是树，或者是一片片丛生的蔓草、藤萝，天知道都是些什么。

"那里是布洛岛，岛上应该会有一些竹寨和人家！"筱英微扬起嘴角说。

"乘船多久能到岛上？"我一边问，一边盯着船群中的扁嘴鸭子船。于此瞬间我开始感到窒息，一想到将在狭小的空间里听到大段的唠叨，我不由觉着一阵后脊发凉。

"二十分钟吧，也许。"

"我觉得咱们可以租条电动船，那样的话能快一点到达岛上！"我向她提议道。

"快？要那么快干吗？出来玩不就是在消磨时间吗？而且电动船肯定要比普通船贵出不少来！"

"可是——"

"可是什么？这样，你站在这儿别动，等我去租条船来！"话音未了，筱英便匆匆转步向码头收费处跑去。

清风，拂面吹来。码头上到处空荡荡的。除了筱英，没有别人。碧清的湖水来回冲刷着麻条石阶，泊在湖面上的船只正随风轻荡。不一会儿，筱英便跑回来告诉我，可以出发了。我亦步亦趋地跟在她身后，走到码头的岸边，本以为她会租一条脚踩的鸭子船，可事实证明我想错了，我更没想到的是景区还会给游客提供如此不人性化的船型——手划船！是的，她租来的是一条手划船，怀里抱着两支长长的木桨，走到我跟前时，二话没说就把两只木桨往我怀里一塞。她的这一番举动令我感到十分郁闷。我心想，我不但要承受那些唠叨，还得花大力气把船划到那个破岛上去。然后等到下午玩累以后，还得由我再把这条该死的破船给划回来！

"别！"我坚决地把木桨塞还给她，说："别别别……"

筱英顿时向我投来闪电似的一瞥。

"你是嫌我不够累吗？"我说，"难得出来玩就不能善待一下自己，为什么偏偏要租这种船？你就不能多加点钱租条脚踩的吗？"我振振有词地向她抱怨道。

"价钱要贵出一倍呢！"

"那是多少？"

"手划的四十，脚踩的八十！"

"电动的呢？"

"你还想坐电动的？"说着，她一声干笑，好像我的提问已经过分到了可笑的程度。

"就问问不行吗？"

"一百二！"她冷冷地道。

"为什么就不能租个八十的？"我用强调的语气反问她，并且故意把重音落在"就"这个字眼上。虽然我也认同应当将我们排除出一百二十元那档消费人群里，但花费八十元便能减少我待在船上的时长，的确是眼下我心理上的迫切需要。

"来回要坐两次船呢！"她咄咄地说，"我是想，等我们下午玩累了，从岛上回来的时候再租八十的，这样不是能省一点嘛！"

"……"

筱英的回答让我无话可说。通常，对于家庭开销上的安排她给出的方案总是显得无懈可击，我猜如果这时候我对她说，为什么不能多花四十元来回都坐脚踏船的话，她一定能找出 N 条理由来加以证明这多花的四十元，只是毫无必要的浪费。我在脑海里假想她已经对我说出了这些话，然后又不觉陷入短暂地思考：单从省钱这一向度考量，乘坐四十元的手划船我也乐意接受，而她的决定不可否认算得上正确合理，但是，假如一旦将其他肉眼所不能见的因素考虑进去，比如掺进她那些没完没了强行附送的唠叨，她所做出的这项决定对我来说就是失当的。因为当一串串密如子弹的话语从她的口中发射出来时，即便是超出我接受范围的一百二十元电动船都将成为我刻不容缓的选择，我的精神承受了由于省钱而造成的时间无故延长，从而需要负担双倍甚至不止的额外心理承受时间。所以，多花四十元其实是会起到作用的，只不过通常无法在肉眼可见的现实中看到这种效用而已。物质能量的转化有时无法用常人所理解的——所谓看似合理的简单固定算法来解决，这有点像是量子力学里涉及的不确定性原理，虽然这样的比喻也许并不十分恰当。

我的沉默，被筱英视作接受她所做出的安排。我们搭乘上了一条歇泊在湖岸边的手划船，她坐在前排右侧，我坐在后排左侧，我们面对面坐着。这样的坐法有助于船体在行进中保持平衡。我接过她手中的木桨，桨叶被送进湖水中后，船身开始缓缓地驶向湖中心的绿色小岛。水面漾起层层涟漪，如同被吹皱的一面微凉的绿面丝绸。

烟波渺渺。我们的小船缓缓而行，一刻不停……船体仿佛驶入画中仙境。风声清脆，湖水幽蓝，野鸟拍打着翅膀歇落在船头板上，肥壮的鱼群从幽深处浮游上来，穿梭游走于浅表莹蓝的湖水之镜。我享受着如掬饮山泉般的风的甘甜与湖的宁静。这一刻，世界仿佛是只属于我一人的，我感到自己可以幻化成任何一个人，一棵树，一朵花，一头小兽，甚至于成为无所不能的造物主……欣悦感悠悠漫流至全身的神经和肌肉群，飘飘然的舒爽与安适……他想起曾经在一篇小说里读到过对那感觉的描述，至今记得：

"他想从她的身体里撤退出来，可她的一双手却始终紧紧地环抱着他的腰——他粗壮挺拔的腰杆，如果在这时他想强行与她分离，她的体内便会爆发出一股强劲的力量，把他的腰杆彻底折断，或者撕碎。直到他听到来自她胸腔深处迸出的几声令他心荡的喊叫，他才明白为什么她坚决不让撤退的原因。他瞥见她腮颊两侧弹出的绯红，如桃花般媚艳动人。后来，她告诉他，那是一种春回大地，万物复萌的美妙律动感，仿佛无数水珠精灵在体内轻盈跃动，且以一波又一波生动而富有层次的形式出现，低吟、曼舞、欢歌……风吹麦浪般地来临。一波后再送来一波。她仿佛能看到体内的生命之门被豁然推开，如浩瀚无边的银河，她看到夸克、粒子、波……所有构成生命的微小单位，在她体内熠熠生光，灿如星辰。所有温暖与光芒统统走向她，拥抱她，轻吻她……直至所有化为一江奔流的春水汇涌进她广阔无垠的生命之河里，那一刻她仿佛感到自己和上帝、时间、宇宙一样，化身成为一种无限永恒的存在……"

回想起来，我和筱英也曾经拥有过美妙的时光，虽然它们距今已久。我从记忆的海洋里将它们捞采上来，盛放在面前。我想起七八年前，刚从学校毕业的她，因为年轻，又能说会道，获得一份工作总是轻而易举。今天是服装店里的导购小姐，明天是饮品店里的奶茶妹妹，后天又是花店里的卖花女孩，大后天还会是早教中心里的保育老师，她性格中那种随性的态度，真是别具一格，可爱极了。那时候，每天下午，我都会骑着摩托去接她下班，她从单位里出来，穿着当天的工作服，有时是一套深黑色的职业正装，有时是一条糖果色的围裙装，有时是一袭清新的碎花裙，有时又会是一身粉嫩活泼的幼师服……在她身上的美丽变化无穷，令人心荡！那是我对她最为着迷的一段时光，她多变的职业为我们的爱情增添了许多光彩。那时候，我能嗅到她身体散发出的荷尔蒙的气息，我的精力是那么旺盛，欲望也是非同一般的强烈，和她做爱是这世上最幸福快乐的"劳作"。我爱她，我想告诉她，我会永远爱她，哪怕有一天我行将就木，垂垂待死，我对她的爱也一如既往，生生不息……此时此刻，我沉浸在对往昔的回望之中，天边的蓝，空中的白，水里的绿，各种鸟群、鱼群从我的身旁飞来游去，它们好似将过去、现实、未来一并搅碎、混糅，然后凝注成一面美轮美奂的巨大魔镜静卧在我的面前。我们的小船被来自镜中的无形力量驱使，摇摆着向前，一径向前……

镜湖啊，镜湖，告诉我，你将把我领向何处去？我在心中默问。

……

久久。

久久的，万籁无声。

我们的小船渐渐离岸，船身在水浪的亲拥中缓缓前行。潺潺的波声流淌进我的耳鼓，渐盈渐满，壅塞，倾出。恍惚间，我感到这份美好可能随时坍灭，如同生命伊始前一刻爆发的山崩地裂，火光四溅。我担心并厌恨破坏者的到来，然而又感到一切不可避免。果然，令人厌恶的时刻还是降临了。忽然之间，我正在摇桨的右手不自觉地抽搐了一下，这一抽搐使得我手中的船桨短暂滑脱，桨叶不小心磕碰到船舷的边缘，跟着只听哪的重重一记钝响，所有静好就这样被摧毁了。同时，我看见筱英的双唇开始微微翕动，顿时一股麻麻的，犹如冰敷般的冷刺感钻渗进了我的心、骨，令我不由得微微颤抖、心悸。

筱英又开口了。

"嘿！瞧，是杨娟红他们！"筱英喊道。

葱郁葱茏的密林像一团燃烧的绿火，一点点靠近我们的小船。筱英的喧嚷打破了周遭的宁静，我像一名任劳任怨的艄公，不停地摇动着船桨，两只胳膊又酸又麻。眼看小船离岸越来越近，谢天谢地，总算要靠岸了！我长松了口气，暗暗庆幸。

"他们比我们先到呢！"筱英扬声道。

我循着她目光的方向望去——临岸的湖面上荡着一只正缓缓靠岸的鹅黄色的鸭子船。因相距不远，船里人的模样依稀可辨。泊船工人在岸上边吆喝边用细长的铁抓钩钩向船锚。黄鸭船被一点点拉近后，船工便拾起水中的锚链用力向前一拽，待到船只被拉靠岸，他又踩压着船头板开始挨个扶人上岸。

最先出来的人是杨娟红，紧接着是毛小军，然后……

然后——

奇怪！怎么没人了？

此时，只见船工拖着摇摇摆摆的黄鸭船，临湖走了几步后将手中锚链上的环套套在了岸桩上。

怎么就只有他们俩？我顿觉蹊跷，目光越发牢牢地锁定在那条黄鸭船上。

她老公呢？

我疑惑地揉了揉眼，定睛再看——

船工这时已返至原处，又开始向我们挥手，示意我们的船现在可以靠岸了。到底是怎么回事？我摇着木桨，心里纳闷儿不已。湖水一浪一浪推波向前，远远看去，黄鸭船就像一只落单的大黄鸭摇头晃脑地悠游在云水间。

"等他们走远点，我们再靠岸，省得见面又要打招呼！"筱英随意瞄了几眼，又闲然地从包里掏出手机自拍起来。

我的目光在黄鸭船以及杨娟红和毛小军不断远去的背影之间来回穿梭，直到看见他俩的身影渐渐变得模糊不清。当宛如绿火般的密林吞去两人的背影时，我忽然想起先前绕湖行走时，歇泊在湖心的那只黄鸭船和那一串串激射的白色水花，还有莫名出现在湖面上的未知漂浮物……所有这些疑惑再次惊现在我的眼前。紧接着，我的脑海里又闪现出杨娟红和毛小军在隔间里偷情的一幕！

难不成他俩串通起来把她老公推到湖里去了？因心里想着，顿时颤颤嗦嗦，攥着桨柄的手心直冒冷汗。

惶惶之下，不经意又随眼一瞥——

目中原先锁定的黄鸭船竟然不见了！闯入眼帘的是一片船群，数十只不止，且全都是一模一样的黄鸭船！

它们在湖面上轻轻摇晃，似幻觉般一涌而现，令人摸不着头脑。

惶恐不断加剧，双臂犹在发力。向前，我们的小船还在缓缓向前行进……我又瞅了几眼筱英，她的目光已从别处撤回来，似乎未觉出异样，她继续畅听着近来流行的歌曲，乐呵呵地拍着照。我本来还想同她说一说，但一想没准又会惹出什么无聊的争执来，便打消了念头。

小船离岸越来越近，幽蓝的湖水在苍翠的映衬之下，隐隐泛出一种深邃稠厚的乌绿色。船身仿佛在平滑的镜面上缓滑，滑向一个正在逼我陷入惶惶的二次元的魔幻世界。

镜湖镜湖，告诉我，你打算将我领向何处去？我像一个迷途的旅人在通往异世界入口的大门前，喃喃自语，静盼神示。

水痕划破镜湖。桨声咿呀相和。

"咕噜噜——"

"咕噜噜……咕噜噜……"

仿佛有声。

像是回声？

"别……别怕……"回音似带着袅袅柔波般的余韵。

——那是从广袤深邃的湖底传出的声音？

"别怕，我亲爱的人……"

我向四周寻望——

"我只是在把你领向意识的深处去……"

举目四望，心头一凛，未见异样。

阵阵撞入耳膜的余音，悠悠荡荡，渐趋渐弱，仿佛是从遥远的回音之廊里飘来的一缕心音。

"我只是在把你领向……领向……意识的……"

"意识的……深处……去……"

……

第二章

小丸子目光灼灼地望着我——

我坐在车上倒数第二排临近车窗的位置。环顾四周，雾气缭绕。筱英不在，身旁无人陪座。

我突然又回到了车上。

"真的！别不信！"她一脸笃定道。

"这辆车上每家每户都会有人死掉！"小丸子的眸里突然射出一道精光。

"……"

"你是制造这出变态游戏的幕后坏蛋！"她语调平静，神情却好像一个被魔法黑化的邪恶少女。

"你没有忘记昨晚发生的事！"她说，依然是咄咄的语气。

"昨晚？什……什么昨……昨晚？……"

"在楼道遇见我之前，你在小卖店买刮刮乐中奖了，对不对？"

"是……我是……中了奖，那……又又……又怎么样？"

"怎么样？然后发生什么了，你好好想想！"她像是知道了我的什么不可告人的秘密，故意在逼我坦白。

"我我……我不……不不记得了……"

"骗人！你明明记得的！"

话音未了，我蓦地垂下眼帘，语气一转道："可是你……你你怎……

怎么会知道我中奖的事？我又没告诉过你！"

小丸子顿时翘了翘嘴角，继而抛洒出一抹笑意，道："你以为不告诉我，我就不知道了吗？"

我顿时怯怯地望着她，一时也不知如何答对。

浓白的雾气从前排车窗外不断飞涌进来，车上的人都静静无恙地坐着。

凝固。时间仿佛凝住了。高悬在后视镜旁的电子钟屏上，闪烁的时间是 9:36，本以为回到这里已经够不可思议了，可谁能料到接下来又出现了更加令人匪夷所思的一幕！

"你还……还……知道些什么？"我突然听到自己正用颤抖的声音向她发问。

"我还知道，你能如愿得到一大笔钱！"

"……"

我猛然一颤，目光连忙躲避，亦不敢与她对视。谁能想到，此时此刻，就我——一个终日朝九晚五，本本分分，供职于储蓄所的小职员，居然发生了离奇的意识的分裂。确切地说，我看到了另一个自己！一个正在和小丸子说话的——熟悉又陌生的刘顺！我真真目睹现下发生的一切，却无法对身体进行操控或者干预，就像一个"裂脑人"。现在的我难道只是一层意识？肉眼看不见，摸不着？可是我分明能感觉到我的存在！我不是我，我又是我。我在哪儿？我是谁？该死，我的脑子怎么乱七八糟的？正在说话的家伙是谁？我到底是谁？！……

"所有在这辆车上的人，都是因为他们当中有一方希望另一方死掉才会来的！"就在我感到脑子一团乱麻时，忽又听见了小丸子的声音。

"别在这儿胡说八道！"

"我才没胡说！"

"如果真是这样的话，那你呢？你怎么会在这辆车上？你又是被谁带上车的？你爷爷、爸爸、妈妈，不都没在车上？谁又希望你死？"我听见自己理直气壮地向她反问道。

话音缓落，只见小丸子脸色微微一僵，继而垂目，一声哼笑，道："我，是自己要来的！"

"……"

脑袋顿时訇然一响！

刹那间，刺目的白光似一川飞瀑从天而降！慌乱中，我想用手去捂住双眼，可顾盼上下发现自己没有手，没有脚，没有脑袋，没有身体，甚至无法合眼！一阵锐利的痛楚向我刺来！我像个没有肉身附着的游魂被羁囚在幽暗无门的地宫深处，东突西撞，想逃却逃不出去。我想大声呼喊，然而使尽全力却连一丝细如蚊蚋的求救声也无法发出。擎天巨柱般的光芒从未知的穹顶一路倾泻直下，又层层漫涌开来。炽烈的光芒像是在夺走我的视力、听力、记忆力等一切感知之力，与此同时，各种古怪刺耳的杂音从四面八方传来，夫妻的吵架声、雷电的轰鸣声、锅碗瓢盆敲击的叮当声、孩子的啼哭声、做爱的欢吟声……喧耳的杂音与刺目的光芒交织并进，就在我感到将要被这股突来的炽光与声浪淹没之时，一波强烈的晕眩又向我袭来，犹如游乐场上开转的飞椅。我仿佛一下子被置于三百六十度的疯狂旋转中。瞬息间，转幅越来越大，转速越来越快……铺天盖地的昏黑开始漫向我，失重、压迫、窒息，还有如同潮涌般强烈的濒死感……

混沌中，我恍惚听见一连串沉重的脚步声。

"啪嗒，啪嗒……"

——越来越近，越来越清晰！

脚步声的主人从暗处走来，我吃力地望去，只见那家伙身着一袭黑衣，走近我后他突然将我从急速飞转的半空中猛拽下来，然后"砰"的一脚，又把我踹出几米远。而后，他又继续逼向我……一步，一步，一时使我恐惧得无以复加，当再一次被他从地上拎拽起来时，我只能不停地向他求饶。白色的光芒猝然退去，他的目光犹如一潭深不见底的琥珀色的泥沼。我感到自己仿佛正在被他的目光吞噬，周身像散了架似的筋疲力尽……

"既然都被你看到了，就得替我保守秘密！"

　　杨娟红这一突如其来的发声，惊得我身不由己一个踉跄从芦苇丛里扑跌出去。我挠了挠后脑勺，凑近几步后尴尬地冲她笑笑。湖畔边，一丛丛芦苇在阵阵强风的吹拂下浩浩荡荡地舞动起来。我走过去，只见她店里的小伙儿正静静地躺在草丛里，看上去就像是睡着了。

　　"他怎么了？"我疑心道。

　　"昏过去了。"她轻描淡写地说。

　　"昏……过去了？"我怔了怔，骇道，"刚才不都还好好的？怎么才一眨眼工夫，就就……"

　　"刚才？什么时候？"

　　"你俩在船上的时候，还有刚才他不是和你还在那……那那什么的吗？"

　　"那什么的？"杨娟红睨了我一眼，目光像生了刺似的。

　　"没没……没什么……"话刚冲到嗓子眼儿又被我生生咽了回去，缓了一会儿，我又想起他们同行一道来的是三个人，忙问："欸，对了，你老公呢？"

　　"在湖对岸。"

　　"他在对岸干吗？怎么不跟你们一块儿过来？"

　　"关你什么事？"

这一句又把我堵噎得不知如何作答。

我怔了怔，下意识地蹲下身去，刚想拍拍试着叫醒她的身边人，忽听到头顶上方传来一声冷喝："别动，他快死了！"

心猛一咯噔！

"快……死……死了？你……开……开开……什么玩笑？"

"谁有工夫和你开玩笑？"

看着她冷酷的神情，我顿时浑身紧张。

"你该不会是想要害死他吧？"

她眸色一紧，断然不语，像是在默认。

"可他……他他……不是你的相好吗？"

"那又怎么样？你不也在巴望老婆死于意外吗？"

她的回答令我背后一寒，更心慌了。

"行了，别逗了，好好说，你到底想干吗？"我沉下脸道。

"送他上路！"她继续着那种若无其事的口吻。

"上……路？怎……怎怎……怎么送？"

她沉吟了一会儿，方才抬起手，指了指我们身前这片乌绿色的镜湖。我顺着她所指的方向望去。只见水波微漾，银镜似的湖面隐隐绰绰映照出我的脸，只是这会儿倒映出来的人影让我觉得既熟悉又陌生。

"好吧，我承认，刚才我是不小心看到了一些不该看的，可我发誓绝不是故意的！你尽管放心，咱们都是街坊邻居，昨天晚上还有刚才，就你俩那点事儿，我保证不向别人八卦！如果我乱说，就让我出门踩屎，不得好死！"我好声好气地向她解释道。

杨娟红无声一笑，不置可否。

望着她，我心想，依照她现在的态度，要说我不纳闷儿是假的。一刻钟前，我还看到他俩在芦苇丛里又是打情骂俏，又是翻云覆雨，快活得很呢。难不成就因为被发现，才故意在我面前摆出一副截然不同的面孔？又或者，她其实早就酝酿了什么不可告人的阴谋，只因恰巧被我发现？我一边想，一边望着深不见底的湖水，先前发生的一幕幕又神差鬼使地在我脑海里浮现出来……

眼前是一如海浪般的青灰色的芦苇荡。

"你爱我吗？"是女人柔腻的媚音。

"想听真话？"

"必须是真话。"

"只怕说了，你听了会不开心的。"

"哼，既然你不爱我，干吗要和我做爱？"

"谁规定必须有爱，才能做爱？"

"小小年纪就这么坏，以后不知道要祸害多少女人呢！"

"那你爱我吗？"

"才不爱！"

"所以，我们做的就不是爱。"

"呵呵，那你说，不是爱，是什么？"

"你是我师傅，那还不得问你吗？"

……

车，正疾速驶去……

我和小丸子又说了一会儿话。我让她帮我保守秘密，什么也别泄露出去。幸好这丫头还挺够意思，居然很配合，让我尽管放心。她说，一会儿等到站下车以后，她就会跟随车离开，然后不再回来了。我很好奇地问她去哪儿，她也不告诉我，只回说，这辆车本来就是接她走的，我们这些人都是赶巧蹭了她的车。我听不明白她的话，又继续追问她要跟车去哪儿，是回家吗。她笑了笑，说，她要去一个很远很远的地方。我又问，很远很远的地方是哪里？她爷爷怎么会答应她一个人跑去很远的地方？……她大概是被我问烦了，后来只一个劲儿地摇头让我别问了，还说，要不了一会儿我什么都会明白的。

风，摇摇晃晃地从远处走来，它是这世界无拘无束的游荡者。滑行、游骋于天地之间，目睹人世间各式各样的喜乐悲愁。转转停停，停停转转。今晚，它撞见了一个心事重重的储蓄所小职员，走过去，抚抚他的脸颊。风走走停停，一个背着书包，正孤单溜达的小女孩与它擦肩，又一个推着婴儿车的老太太也从它身旁路过。它飘来荡去。现在，它徘徊在小区商户道路的一扇半开的卷帘门前，忽而隐隐听到从门里传出了一点细微的耳语声和其他的响动，移步过去，附耳一听，像是一对男女，一对正在缠绵的男女……

　　风，顺着卷帘门的下方空隙处溜钻进去，把静静垂挂在隔间的白色纱帘吹撩起来，它悄然无息地蹭进去，果然，一个女人正仰靠在墙壁上，一个面容清俊的年轻男人正搂抱着她的腰，男子的双手颤抖得厉害。几天前，他刚刚经历过难忘的人生的第一次。他今年刚二十出头，那天晚上他忐忑地将自己交给了面前这个女人。女人对性事谙熟，知道如何在短时间内令他情欲高涨，然而老练的她，却让他感到了一丝惶怵。那天，他在黑暗中，听见女人一声又一声柔艳的娇喘，听见女人在轻唤他的名字，魔鬼也在呼唤他的名字。那一刻，恍惚中，他想起了他的初恋，一个同村的邻居家的女孩。女孩的脸蛋隐隐浮现在他的眼前，女孩生得清秀，甜净的笑容就像春日里绽开的一朵素白的栀子花。一瞬之后，他又感到自己彻底被面前的女人操控了，完全的，亦是心甘情愿，无法抽离的。

现在，桌上的台钟显示 22:23。

隔间外，正播放着鲍勃·迪伦的新歌 *Murder Most Foul*。他和第一次时一样，因紧张和激动而颤抖。时间，最终会把他磨炼成为一名老司机，一年、两年……也许要不了很久，他也会像现在拿捏他于指掌间的这个女人一样随心所欲，随心所欲地驾驭另一个女人。此刻，他战战兢兢地触摸着女人。风，把这个女人撩人的半裙吹开了。女人的裙摆在晚风中鼓荡着，婷婷地，姗姗地。他透过昏黄的流光，透过只一纱之隔外的理发镜，遥遥地，遥遥地看到她若隐若现的紫色蕾丝底衫，带着危险的，充满海蛇般的致命诱惑。他们相拥着，移动到洗头床上。他的脑海里又浮现出邻居家女孩那一双澈亮的眼睛、忐忑的眼神，羞怯的，只属于少女的眼神。他现在看着眼前的女人，女人的眼神就像是一潭幽深的迷沼，沉淀了生活给予她的各种经验，好的、坏的、美的、丑的，芜芜杂杂、形形色色……她的淡定，她嘴角边划过似有似无的微笑，让他感到自己对于性事上欠缺自信的担心是多余的。女人剥脱下腿间的透明丝袜，高高撩起裙角……纱帘背后的镜子，悄悄记录下了它们逐一退场的过程，就像一道偷窥的目光。生命到来之初，便是赤条条的。赤条条地来，赤条条地走。带着无限的欲望来，临到末了又卸下归零

102

的欲望走。人是欲望的囚徒，自始皆然。

镜子看着他们，风搅动窗纱，珠帘敲击出轻盈悦耳的叮当声，有点跟着起哄的意思。再一次，再就这一次吧，他心里想着，呼吸变得急促起来。脑海中的女孩的面容倏然涸散了，他顿时感到了一种说不出的深深的落寞。他看着身下女人的脸庞，微蹙的眉心，狭长微闭的一双眼睫都是他触手可及的。一点点的，快感开始将他吞噬，一点一点侵没……

像倒入摇酒壶里的鸡尾酒。

摇晃……

将失落与快乐一并混合后。

摇晃……

像"齐马蓝"和"芭比粉"的融合。

摇晃，在风的眼中摇晃。

尽情摇晃……

风，钻过窗纱上无数的密孔，再度合汇成浑润的一股从门下悄然退去。

转身，悠悠盘桓着来到巷陌的路灯下。而这间小屋仿佛在风的怀抱里摇晃着。城市的夜晚到处暗藏着抑不住的隐隐的蠢动。

蠢动。

微风动叶，一灯荧然。

有人从路灯下经过。

——是那个储蓄所的小职员。

"万一明天去旅游……如果还能去成的话……"从发屋前经过的这个家伙正在低头喃喃。经过这间门面，位于前方那栋楼的202室就是他的家。这家伙的妻子刚才打来电话，质问他为什么取个快递到现在还不回来。电话里，他声称自己快到楼下了。可当从理发店门前经过后，他心想最好能去理个发，于是站住，回退了几步，跟着一弯腰，边朝里喊边走了进去……

昏昏昧昧，夜色沉黑，一星昏光沉凝在角落深处。

摇摇曳曳，摇摇曳曳。

——这个冒失鬼才是名副其实的闯入者！

纱帘被撩起，这家伙正对着隐隐有光的隔间里喊……

刹时间——

三颗心，怦怦！又怦怦！

耳边的喁喁絮语搅扰到了我，风中的一递一声在渐弱渐息后，一声声粗嘎的喘息和暧昧的呻吟漾荡而起……两重交织的声音就像光裸柔软的蠕虫，悄悄爬进我的耳朵。痒酥酥的。我定定地站在稠密的丛薮间，看着湖岸边的苇草在不停地摇晃。郁绿的湖水将一株一株绿褐色的蛇形水草冲进毗邻岸边的水域。湖畔旁，歇泊着从对岸驶来的一只木船——那是我和筱英从对岸划来的小船。我们刚上岸不久。湖面上，瀚郁的雾气比在对岸时看到的稍显稀薄。筱英去游客码头还船桨，留下我在岸边等她回来。环顾周边，这里的风景看上去和对岸别无二致，迂回的小径围绕着大片的芦苇和艾草丛，几只野鸟在空中飞来飞去。前方依然是无尽的、疏旷的林地。纵目望向对岸，不由暗叹自己居然能划这么远。从这里遥望过去，平阔的湖面就像一片墨绿色的浅海，没有尽头。我正望着筱英远去的背影发呆，那一声声粗重的呼吸夹杂着销魂荡魄的呻吟又不断地漫流向我的耳鼓，这些声音勾起了我的好奇，驱使着我循声觅去……

　　裤脚与草丛相互摩擦，窸窸窣窣。一株株灰绿色的芦苇随风荡扬，将我掩于其中。喘息和呻吟声变得越发清晰明朗，我向着声音传出的方向一点点地走去……迎面吹来的清风，自动为我拨开眼前由芦苇编织而成的一道道厚厚的屏障，透过苇草，放眼一望，只见前方的草丛里，离湖岸边不远，正席地跪坐着一个身披紫衫的女人。女人长发漫鬘，袒露着圆润的肩膀，吸引我来的呻吟正是她发出的。那绵绵的喉音融化在风中，像是给风中撒了糖。渐近几步后，我发现于女人的身下仰躺着一个上身赤裸的男子，男子躺在芦苇与艾草交相混杂的草丛里。我揉了揉眼，挨近几步一看，于惊诧中一下看清了他们的脸！

——怎么又是他俩？！

不同于昨晚，这会总算有机会大饱眼福了。这是个绝佳的位置，隐蔽且又不易被发现。我一边想，一边低身蹲躲进身旁茂盛的芦苇丛里。冶荡的吟叫和旁若无人的野合，一番天上人间，就只他俩似的。女人骑坐在男人的身上，时而对空呻吟，时而载欢载笑，两片酡红的脸蛋在褐白色的芦苇波浪里犹如两朵娇艳的桃花。我窥睨着她的一言一动，不一会儿便看得我通身发热，身体不觉跟着也在芦海中耸动起来。

男人像船舶，女人像舵手，一番结合后，在芦苇的波浪里轻摆。风，像是这条小船的助力器，轻推着这只用两人身体拼成的小船，徐徐前行，似在移动，匀速移动，摇曳前行，不疾不徐。他们好像离湖越来越近了。我又近几步，随着呻吟和喘息急降式的骤然消退，一声好似从柔软的深处挤破出的空灵的喊叫，顿时令我陷入一种难以自抑地筛糠似的颤抖之中。切近目光，锁定女人的面庞，女人脸上的筋肉颤晃得厉害，喊声的消落仿佛春雷后的急雨化作无数雨滴，从空中洒落向她，如饮甘霖般，女人很快呈露出一番餍足的神情，那宛如化水的神情看得我浑身酥软，紧跟着一波近似颅内高潮式的快感迅速漫至全身。她脸部的肌肉似在纷纷跳跃，而我浑身上下的细胞仿佛也都在跟随着它们的节奏一起律动。我喘着粗气，好像和她交欢的人是我一样，喘息，激动。风吹芦苇、芦花。芦苇与芦花，男人与女人。沙沙声，啪啪声，带着锐不可当、蓄势待发的激荡与澎湃，在芦海里冲浪。无尽又绵绵。一个男人的声音，从芦苇丛里毫无征兆地爆出。像是满足，又像是受痛的一声叫喊，突然——凭空迸裂，在空中，在周围，这喊声来得快，去得更快，这喊声吞噬了我耳边的细响，仿佛刹那间把世界调至静音。静默，一刹骤降！我想象着女人身下的人是我，所见即所得，这果然是一场酣畅的偷窥！

随着那两抹泛起的红晕从她的脸颊上渐渐褪去，我的呼吸方才回归如常。待做了一个深呼吸后，我才想起前去还船桨的筱英差不多快要回来了，顿时打了个激灵。一想到筱英找不到我肯定会到处乱喊，我一阵不安，连忙返身准备悄悄撤退。

我心神惴惴地望着深不见底的湖水，刚才发生的一幕幕又自动倒回重放，过程复原回溯到这一刻更加重了我的忐忑。我想起曾在一篇自然笔记里看到过一种名叫澳大利亚红背蜘蛛的节肢动物，它们中的一些雌性常常会在交配后残忍地把雄性吃掉。想到这里，我不由倒吸一口凉气，恐怕她会冒出顺便连同把我一起干掉的想法。心下一凛，默然片刻，耳边忽然传来一声朦朦胧胧的呼喊声。回身一看，远远的，有个人影正朝这边走来。肯定是筱英回来了，我心想。于是忙对杨娟红说我得走了，跟着我又向她保证绝不透露我所看到的一切。然后不等她开口，我便退身朝着声音传出的方向跑去。我急急地跑，穿过一片近乎半人高的芦苇丛和几条石子甬路，重又跑回原来的落脚点。然

107

而才一跑到，便撞见了筱英，一见我她便说，等我半天了，快走吧。我怔了怔，惶惶地回道，走。她点了点头，又说，往这边。我看她所指的是我刚才跑来的方向，便忙向截然相反的方向指去。我说，别去那边，同时又朝反方向指去，我说那边应该会有更好玩的地方。可没想，她立刻反驳我说，不可能，又说我指的地方地图上什么景点也没有标注，怎么可能会好玩呢？然后还是硬拉着我朝杨娟红他们所在的方向走去了……

山间的雾气正在消散，溶溶荡荡，笼罩在我头顶上方的天空依旧是阴沉沉的。很快，我们便来到了刚才的那片芦苇丛前。然而一看，杨娟红不在了，本来在芦苇丛里的小伙也不见了，原先深厚的芦苇丛中间塌陷了一块，看上去像是原先躺下的压痕。我心里一阵疑惑，又向周边寻觅一番，结果并无所获。

我和筱英继续一路向前，然而走着走着，不一会儿湖面上突然激溅起一大片水花，水花翻滚，汹涌而激荡，像一道道高压水箭向四面八方激射而去，湖面瞬间变得躁动起来！

"看见了吗？"我的声音不觉发抖。

"看看……看……见了……"筱英顺着我指的方向望去。

"刚才——"

"是的，刚才！"

"你看见什么了？"我转向她问。

"……"

"我问你看见什么了？"我大声道。

108

"像是……有……有人掉……掉掉湖里去了？"筱英疑惑道。

我迈开脚步急向前奔，在急急地奔跑中，湖中的身影一直在我的眼底聚焦，晃动。剧烈的摇晃令我一时分辨不出到底是人在水中挣扎，还是奔跑带给我的错觉。跑到临近的湖岸边，湖面已经恢复如初。湖面中央漂着一层白蒙蒙的异物，远远看去有点像塑料袋但又不像。它迎着微风，乘着水雾，一漾一漾的，然而没一会儿，又顺着水流动的方向静静地被推向了深远处。

"那是人吗？"我向着湖中央指去。

"不可能，人淹死没这么快浮上来的！"

"那要不是人，会是什么？"

"你管那么多干吗？又不关咱们的事，赶紧走！"

"等一等。"

"……"

"你看见有人掉下去了，是不？"

筱英的脸色顿时变得煞白。

"是不是？"

"是又怎样？刘顺，你给我听好了，别多管闲事！咱俩是出来玩的，难道你想在这儿等警察来，白搭上我们好不容易才有的一天时间吗？"

"可是，万一落水的是咱们车上的人呢？"说时，我忽又想起偷跑出来的小丸子。

"那也不关你的事！"

"……"

"更何况，你怎么知道人家是落水还是投湖？"

"不管是落水还是投湖，事关人命，都应该报警吧？"我极力同她置辩。

"报你个头！你这么爱管闲事，有本事跳下去把人救上来呀，说不定现在还能把人给救活呢！"

"我又不会游泳！"

"会游你也没胆跳下去！"

"……"

∞

　　"两千五，我刚才数了两遍，你不是说中了三千吗？"女人捏着薄薄的一沓钱，问，"这里也没够数啊！"

　　"不都说报团了吗！"

　　"那是多少？"

　　"一人两百！"

　　"这里只有两千五！还有一百呢？"

　　"不知道。"

　　"你会不知道？"

　　"我真不知道。"

　　女人将信将疑地盯着他："那让我下楼问问去！"

　　"你要问谁？"

　　"小店老板。"

　　"喂，我说，这都几点了？你还有完没完？"说着，他迟疑了一下，忽又沉下脸，道："你就当被我不小心弄丢了，可以不？"

　　"不可以。"

　　"……"

　　"也不光是因为这点钱！"

"怎么不是？钱钱钱，我看你现在满脑子就只有钱！"

"说了不是！我就是想试试，你会不会还有事瞒着我！"

"……"

"瞒你？我能瞒你什么？"

眼看他们之间又要爆发下半场"鸡毛战争"。在刚刚休战的上半场争吵中，因为一点意外出现的小插曲使得原本稍稍占据一席主动的丈夫忽然在妻子面前陷入失信的尴尬境地，所以这一刻好像不管他再怎么解释，在对方那里遭受质疑都是在所难免的。

傍晚时分，他从小卖店出来后一路高兴地小跑回家，上楼，正准备开门，无意中看见对门家的小女孩正黯然地坐在楼道的台阶上，当时他因为满脑子都在想如何藏钱的事，所以也没顾上问她，就匆匆进了家。本来，余下的奖金，小店老板要通过手机转账给他，可他唯一的一张工资卡被妻子管控着，而且绑定的也是妻子的手机号码。思前想后，他决定让老板换成现金给他，以避开妻子的监视。回到家，赶巧妻子没回来，他于是把钱偷偷藏进衣橱里一件常年不穿的西装内插袋里。藏完之后，他便开始坐在沙发上抽烟。然而没抽几口，又觉得不踏实，翻箱倒柜，没一会儿便忙出了一脑门子汗。然而，这边忙着找地方，脑海里却不由自主地浮想起小时候他爸偷藏私房钱的一桩滑稽事。他记得，还是在一九九一年，那会儿他才八岁，他爸在外面打工，每到月末便会将自己的工资如数上交给家里的女人。直到有一天，女人因查出胆绞痛要动手术，只好把家里的存折翻出来，结果发现手术费用凑不够，因而开始犯难，后来也是在一个晚上，男人枯坐在一筹莫展的女人面前，说手术费估计能凑够。话音一落，女人顿时一脸纳罕，顿了顿，说："咋能够的呢？家里的几张折子我都加来算去好几遍了！"话音落去，男人微微一叹，向屋角里立着的一米来高的床柱子指去。女人忙跟着移步过去，上上下下地朝着锈迹斑斑的圆立柱几番察看。男人见她半天没看出端倪，方才过去，走至床前将扣在柱头上的白色塑料盖帽一拔，乜斜着眼，往空心铁柱里再一示意。瞬间真相大白！——原来，他将私房钱塞进了这四根空心床柱子里！实打实，密不透风。老式的铁架子床被侧翻在地，从一头往另一头直窥过去，连指甲盖大的碎影都透不出一隙来。那可真叫个严实！女人见状，表面上不吭声，心里却是百感交集。她想，就这么个十里八乡被乡邻们传着赞着的"老实疙瘩"，居然也能干出偷藏私房钱这种滑头事来！人心啊人心，真是看不透啊！可是静下来，想了想又弄不明白，丈夫为什么不趁她不在的时候把钱取出来，然后随便编个幌子拿给她就好了，非得傻乎乎地当面自揭老底，岂不难堪？没想，正纳闷儿着，耳边又传来了一声叹息，只听对方哀恳地说，这些年，就只想着往里塞，没想到时间长了越放越多，越塞越紧，搞得现在想拿都拿不出来了！女人顿时恍然，当即用手指戳了戳，果然戳不动，硬绷绷的，再用些力气也还是不行。男人看着女人一脸无奈的表情，也自觉好笑，站在一旁又是摇头又是叹气的。

女人被这个自作聪明的呆子惹得哭笑不得。

结果，那天晚上一家三口大半夜开始忙活起来。女人先让儿子用手指头伸进去够，够不着就用火钳夹，火钳夹不出来，又用晾衣杆捣……就这么整整折腾了一夜，四根铁皮柱子里的钞票才算是彻底被解救出来，只不过那些一块、五块、十块的钱币纷纷"受了伤"，一张一张，像是枯卷的树叶散落一地，女人一边流泪一边数着捋着，数完以后还不忘问这是从哪一年开始藏下的。男人顿时低下头，吞吞吐吐地说差不多应该是从结婚后第二年开始存的。女人又问："那你知道这里大概存了有多少吗？"没想，男人短暂迟疑了一下，想了想，说："是不是两千八百三十七？"女人一怔，一下子哽住了，嗫嚅道："咋还有零有整，记得这么清楚哩！"说完，人跟捅破了泪泉似的呜呜地哭得更厉害了。

那时，小小的刘顺就站在铁床旁边，傻傻的，不知所以。

回想起这一幕，他哭笑不得。直到后来他也没弄明白当年他妈妈为什么会掉眼泪，不就是发现男人偷藏了点私房钱吗！又不是在外面藏了掖了别的女人，至于这么小题大做地哭哭啼啼吗？可转念一想，九十年代初，普通人一个月的工资也就百十来块钱，这两千八百多也不算是个小数目了。难不成他妈妈是因为缴获到这笔意外之财，和他今天意外中奖一样百感交集，乃至于喜极而泣了？

嘻，女人的心思，果然复杂得像一部世纪难解的奇妙天书啊！

如何让一名精明的主妇相信手里向来没有闲钱的丈夫，因为在单位里受到嘉奖而获得了一次带家属免费出游的机会，是刘顺藏完钱后面临的一桩新课题。他为此编了个小谎，这个善意的谎言最初在他脑海里以自问自答的方式进行操练，他觉得它们足以应对一些并不刁钻的泛泛式的提问。可是，如果万一应付不了呢？要知道，他对自己的应变能力向来不具信心。他想，万一要是露出破绽，他就直截了当说旅游的钱是从他平时的花销里节省下来的，为的是给她带去一份惊喜，以此把话给圆回来。总之，只要把坑给填上，让她相信只有旅游的事，就万事大吉了！

　　这并不难做到。他想。

　　他坐在沙发上。想着想着，又走神了。他想，明天的旅游应该会很有趣。"森林公园"里会流行什么项目？如果有卡丁车就好了，他想起几年前在游乐场里见小朋友们玩过一回，当时看着他们像脱膛的子弹一样驰骋在赛道里，又喊又叫，快活极了。他想起自己小时候，玩泥巴、弹珠、画片、弹弓……尽是些土掉渣的游戏，连卡丁车听都没有听说过，和现在的孩子实在没法比。不过，开一回好像要五十块！挺贵的。如果不玩卡丁车，景区里说不定会有跑马场，骑马也许会比卡丁车便宜，骑马也不错，不过谁知道呢？他又想，说不定景区里还会有什么免费的游乐项目。他憧憬着明天的旅游……没准，在旅途中我们会遇见什么有趣的人，或者发生什么难忘的事，这些人和事会被记住，说不定等以后还能回忆起来。比如有一天他老了，也能把某些难忘的片段分享给儿孙们，也许会逗得围坐在他身旁的小家伙们合不拢嘴。他们说不定会封他为"故事大王"，而他必定也会得意自己的这个称号，就像他的爷爷一样。这时，他不由得又回想起小时候爷爷给他讲日本鬼子进村的惊险遭遇，鬼子是怎么进村的，又是怎么抢粮食、杀人放火的，村里的乡里乡亲们又是怎么带着他爷爷藏进地道里逃生的……这些故事在地头田间的老屋里，曾陪他一同长大。那一段段惊心动魄的讲述使得平凡爷爷的身上附上了不平凡的传奇色彩。那是动荡年代赐赠给普通人的一朵光环，让他从小就无比歆羡。他想，将来有一天自己老了，能讲什么给孩子们听呢？难道告诉他们自己在人工柜台上数了一辈子的钱，而且还是别人的钱？又或者换个幽默点的说法，把自己比喻成搁在屋檐下的一块"小鲜肉"，一生不过在静等时间慢慢将自己熬成一块被风干的、嚼不烂的"老腊肉"？孩子们肯定会起哄，对他发出失望的嘘声吧？到那时，他那张满是皱纹的老脸该往哪儿放呢？所以，明天的旅游如果能有趣就好了，他迫切地想。然后他又不禁感慨自己居然对一趟一日游抱有那么多期待，简直太可笑了！他一边想着，却又不禁废然兴叹。

当然，这是明天才会收获的福利。眼下，他想，今晚在好心情的作用下，他和妻子或许会拥有一个有别于平常的周末之夜，时间就这么一分一秒地过去了……一个小时，又一个小时……与此同时，一些琐事在他的脑海里匆匆拂掠了一遍。比如，他在无意中发现自己的头发齐耳了，他想明天要去旅游的话，最好能下楼去理个发；还有，他得意了一下自己临时想到的那个绝妙的藏钱的好地方；最后，他又想起中午时分，楼下的哥们儿拜托他在下班后点一份净菜外卖，那哥们儿说自己在外地出差，今明两天回不来，所以要劳烦他把菜送过去，顺便帮忙提醒一下家里的母亲，明早会下大雾，切莫出门，以防摔倒。因想到这件事，他方才打开手机，然而这边刚完成下单，就听见门锁发出"咔嗒"一声响，这一声有些突然，瞬间竟使得他的手不觉滑出了一个轻抖来。

　　——是妻回来了！闭上门后，他看见她朝着沙发方向望了两眼，然后趿上平时惯穿的拖鞋走进了客厅。他故意吭吭了两声，清了清嗓子，接着不紧不慢地搬出预先想好的那一套说辞。他原以为能够很快蒙混过去，可谁知在经过十八分钟的外卖送餐耗时后，他所得到的回复依旧徘徊在原先的回答里——这也是出乎他意料的，一种他不想得到的回答——旅游的提议被否定了，而她给出的理由是：明天上午，他们将有更重要的事去办。可当他追问她是什么更重要的事时，她又一脸阴霾地不愿说出来。这使他感到非常郁闷。然而即便如此，他依然好声好气地劝说，如果她实在不想去，他也可以一个人去。可是，对方依然反对，直言他不能去，明天必须留下来陪她。话一经出口，使得他的胸口像堵了一块石头。同时，先前所有浮荡在脑海里的想象，犹如一团泡影般一下子全都破灭了。他感到生活无趣到了极点。

墙上的挂钟这时叩响了一声。时间是 20:30。伴着钟声带来的令人窒息的安静，女人仍旧一言不发地靠坐在沙发上。

他垂着眼，不时在暗中试探性地窥了窥她。

"我说了，明天你不能去！"她生冷的语气就像一个正在命令孩子的强势的家长。

"为什么？都不上班，怎么就不能去？"他扬起嗓门儿反问道。

她不答话，然而目光却像蔓生出了两根柔韧的枝条在轻轻地抽打着他。他被这目光搅得心神不宁。

"我就想知道为什么不能去！"

"我现在很累，不想讲话！"

"你不想讲，我想讲。"

"你想讲，那你就一个人在这儿慢慢讲吧……"她脸色阴沉，头也不抬，快快道。

他又看了看沙发上的女人，只见她的脸色一如既往灰扑扑的，一天的疲惫仿佛氤氲在一双眉宇间，然而当捕捉到这一状态时反而使他感觉自己好像隐隐地占了一丝上风。

"明天你爱去不去，反正我一个人去也行！"他沉下脸，向她表态道。

她沉默着，久静无言的神色像是一种妥协后的默许。

然而这时，男人的手机突然开始响了起来，屏幕上来电显示的是"外卖送餐"四个白灼灼的字样。电话里，对方声称自己是个新人骑手，绕了几圈还是找不到19栋在哪儿，还说，自己手头上有好几份急单，很怕误点被系统判定超时，所以劳烦他到小区广场来自取一下。不想，就这段小插曲竟使得事情出现了意想不到的变化。男人一边答应，一边趿着拖鞋急慌慌地跑到门厅的鞋柜前，开始换鞋……第一只妥妥帖帖地上脚后，又去穿另一只，然而脚刚往鞋里一伸，便觉着脚心周围被一沓鼓鼓揣揣的东西硌得难受。那一刻，也没顾上深想，他便把鞋子脱下，倒扣，随手一摇——结果，竟摇出一个"奇迹"！他像一个魔术师，从鞋子里摇出了一张张钞票来！可他的神情和动作全然不像魔术师那般潇洒自如，反倒像个捅出娄子的蹩脚演员，浑身上下尽显出一副救场不及的窘态。他想起，又忘记，忘记然而又想起来了！他想起来的是藏钱的地方，忘记的还是藏钱的地方，中间只相差一个摇鞋的动作！与此同时，他将目光投向正坐在沙发上的女人。女人果然在看着他！她也见证了这个充满戏剧性的时刻，遂向他投来不可思议的目光。他慌乱地将一张张钞票从地垫上捡起来，一阵手忙脚乱后遂又将它们放置在鞋柜上。女人看着他，那一刻他感觉女人的眼神同当年他妈妈看爸爸的眼神几乎无差。他吞吞吐吐地刚准备向女人解释，外卖小哥的催促电话又响个不停。之前，在他脑海里储备的种种方案里，无非就是说明一下如何获得这次免费出游机会的，而私房钱这件事完全不在他考虑和担心的范畴内。现在，他惹出了事，一件足以使他整晚都陷入头疼的麻烦事——他的脑子乱了，彻底乱套了！当对方询问他这是怎么一回事时，他结结巴巴地一时间又不想倒出实话。他于是借着被催取外卖的机会躲了出去。出门后，他一边走，一边暗自好笑自己的健忘。将外卖送给楼下后，他一个人悻悻恍恍地又走回到了广场，看着一群广场舞大妈在欢噪的音乐声中扭臀，他想，一会儿回家后他是不是只能一五一十地向妻子坦白？会不会还有什么可以挽回的妙招？如果全盘倒出实情，明天她还会想和他去旅游吗？他一边想一边在外头转悠，不知不觉一个钟头就这么过去了……

"会游你也没胆跳下去！"

"……"

"你个烂死无用的男人……"

争吵由此爆发。她一句我一句，互不相让。

恰在此时，湖面上一阵风背对着她直吹了过来，她的头发一下子被吹乱了，一窝蜂似的扑散在她额前和两侧脸颊处。我看着她，她的样子在我眼中忽然变得古怪又可疑。她尖锐的说话声，就像无数细密的尖针扎进我的耳膜，致使我的脑袋不断地发出漏风般的蜂鸣。

我们又争执了一会儿，然而最后如同以往的每次吵架一样，无果而终。她拉着我，我俩的步速一度变得又急又快。我时不时回头望向湖心处，雾气疏疏袅袅，于一片朦胧中先前流连在湖上的不明浮物终于消失了，仅一只小小的黄鸭船在湖面上轻摆，它好像正在向渺远的对岸驶去。我一边走一边问筱英，接下来我们要去哪儿。她看了看我，又指了指远处。目力所及之处，我看见被环抱在一派苍翠葱茏的山顶间，隐隐绰绰竖立着几排高低错落的楼，楼群的颜色远看上去是那种深黯的黄褐色。它们高高低低连成一片，看着很像是隐藏在山林中的一个村寨。筱英说，前面是布洛村，也是我们接下来要去的地方。我望向那里，一种似曾相识的梦幻感冉冉浮上心头，然后我不觉又回想起脑海中明明已经发生过的落水场景，回想起我和筱英在对岸时有过与刚才几乎完全相同的对白。恍惚间，我感觉时光在倒流，抑或未来要发生的，在已逝的时间里被提前做了预演，而现在——似乎又开始在做新一轮的反复，一切像是正在发生，又像是重播后无法拼凑的记忆幻觉，玄之又玄，令人疑惑。

"我们真是从对岸划过来的吗？"我转而又问筱英。

这一次，她抬眸看了看我，淡然一笑，没有回答。

"说了不是！我就是想试试，你会不会还有事瞒着我！"

"瞒你？我能瞒你什么？"

"那你干吗不敢让我去问？"

"现在几点了都？"

"也就十点多才……"

"你非要跑出去丢人现眼？"

"丢人现眼？！我给你丢人现眼了是不是？我哪儿给你丢人现眼了？你今天把话给我讲清楚！"

才刚从理发店跑回家没一会儿，三言两语不和，两人果然还是吵了起来。

"你觉得这样吵吵有意思吗？"

"我就想试一下你！"

"我刚才不都给你解释了吗？"

"解释有什么用？"

"有没有用你要听才行啊！"

"听不听还不都一样？过来过去都是这副屌样子！我听个屁！有什么好听的？"

"……"

两厢劲力相互摽着。生活中的鸡毛蒜皮早已把女人的耐心给磨尽了。他们吵了起来，争吵的内容像被拉扯出的棉絮，越扯越多，满屋飘飞。女人先是就事论事，然后话题又不断地延伸出去，对拮据生活的抱怨，对丈夫无能的数落，对埋藏在心里某件耿耿于怀的旧事进行重提……一怒之下，她把男人不常穿戴却又不舍得丢掉的物品全都拽了出来，包括上衣、裤子，以及存放在鞋盒、抽屉和收纳柜里的各种杂物。一番查验后，她将它们统统扔在了卧室的地板上。他们的吵架是务实的，就连一只平价的水杯也没有卷入其中。女人总是挑一些质地柔软，无论怎么摔、扔、砸，都很难造成经济损失的东西来发泄，男人则闷不吭声地坐在客厅中央软塌塌的沙发上。女人的火气发泄得莫名其妙，更像是带有些借题发挥的意思。男人的衣服成了她宣泄的重点，总是一会儿被她拿起来又扔出去，可怜它们好像成了串场的临时演员，来来回回地扮演着辛苦的"挨揍"的角色。几只被抛扔的拖鞋，像子弹一样在卧室上空来回穿梭。凑巧，一波动力强劲的发射使之殃及至两人头顶上方的吸顶灯，反弹的力量使这盏灯不幸被击中。哐地落地后，灯罩被击碎了！砸出了一个大洞，一个用强力胶也难以粘合恢复的不规则的大洞。这一项损失使得原本处在激动状态下的她，被迫恢复了一点理智。而当她仰头望向破碎的灯罩时，脑海里本能地开始换算更换一盏全新的吸顶灯将会多出的家庭开支。然后，他们又一路争吵下去，直到吵到一个新的高潮节点。没完没了的吵吵嚷嚷就像窗外漫漶的夜色，持续发酵。午夜十二点的钟声响过后，双方的对战进入了力倦神疲的阶段，在经过一轮一轮的对峙后，双方再也控制不住继而动起手来。然而在刚开始的几个回合里，男人一直用手掣住她的两只胳膊，试图扼制住她的发力，可女人的臂膀像经过长年累月的劳动锻炼已经修得正果，早已与男人的臂力相差无几了。她的胳膊比她做姑娘时粗壮一倍不止，甚至都不比她的丈夫细。因而当她一股脑儿把身上的蛮力撒向他时，着实令他感觉吃不消，好像和他对战的就是个男人。他感到如果自己不进行抵抗，或者反击，很可能会成为她的手下败将。果然，在几轮较量之后他发现，只要他稍作松懈便会被她反手挣脱。而一旦挣脱之后，她又总能见缝插针地在某一时刻逮住机会对他重新反攻。他的脸颊、脖颈、胳膊……身上多处皮肤都被划出了长长的血口子。他疼急了！恼火了！终于在好容易又一次逮住她手腕的同时使出一股蓄积的力量，将她猛地朝后一推，只听砰的一声，她被重重地推进了卧室的墙角里。床头柜上摆放的结婚照相框一下子坠翻在地，跟着整个房间好似被这么一推，被迫摇颤起来。狭小的空间忽又安静下来，只是静得全无头绪，而他原以为她会像个跳跳人一样起身冲向他的一幕没有出现。她像是被施了定身咒似的默坐在地板上，而偎于墙根的他，唯恐她又在酝酿什么大招。当他撩起袖子准备应对她时，忽又隐隐地感到安静的房间里像有什么东西晃动了一下，接连又是几下，随着目光慢慢腾挪到她身后，他方才发现原来是她的肩膀在耸动，而后连续又几下——她的肩膀在一耸一耸的。那一刹，他没有想到是她在哭，直到无意间瞥见撂在她身旁的两人的结婚照陷在一堆凌乱的衣物中间，像是马上就要"入土为安"似的，方才联想到那很可能是某种与悲伤情绪正相匹配的肢体动作。

眼泪顺着她的眼角无声地流淌了下来，她的口里止不住地喃喃地骂着："你就是个烂死无用的男人……"

她一边哭，一边又说了些没头没脑的丧气话。他见状，赶忙迎上前去给她道歉、安慰，可都被女人生生地推开了。他只好又坐回床边，无言地看着她。他又呆望了一会儿，看着她慢慢扶墙起身，出主卧室后向小房间走去，紧跟着隔壁传来了砰的一声——重重的闭门声。

卧室里，一片狼藉……

迷踪

第三章

我们终于来到了山脚下，这会儿，广阔的森林镜湖在我的眼里变得越来越纤秀。

　　"你先进去转会儿，我抽根烟就来！"看着不远处有"布洛村"的三字村碑，我向筱英喊道，而她并没有回我，望着她渐渐远去的背影，我长舒一口气后席地坐下，坐在毗邻野地的狭长的湖岸旁边。这里是湖区尽头的最后一片水域，形状很像一钩残月。看天色，像是到中午了。湖面上，一丛丛郁绿的蒲草在风中摇晃，那是一种曼妙又舒缓的节奏。我坐在湖边对着这片蒲草出了一会儿神。嘬烟。不一会儿，湖面上飞来了三两只身形纤长的白鹭，它们将我散漫的目光吸引了去。它们一会儿飞到空中，几番盘旋后又飞回来，然后立在湖面中央的一小块湿地上，打打闹闹一阵后又再飞出去。然而，每当它们展开雪白的翅膀重飞回来，我就会觉得托载它们的湿地好像比之前与我的距离更近了一些。烟嘬完后，我从草地上站起来，视线的变化使得湖水中的蒲草失去了原先与我处在同一视平线时的遮挡效应。这时我才发现原来那几只白鹭的落脚点不像是湿地，而像是一块浮木。我沿着湖面往前走去，那块浮木好像倒映在水中的月影，也跟着我一并向前移动。天光和山雾像层层滤镜，把沿湖的这条小路烘托出了淡淡迷离的氛围。走到尽头时，我不由回望，那几只白鹭嗯嗯一阵又飞走了。莫名的，有那么短短一瞬，我心里漾起了一种异样之感，我想，那会不会不是浮木，而是别的？如果是别的，它会是什么？我喃喃地自问。这时我又想起了楼下理发店里的小伙子，然后一种奇怪的骇异之感，令我不由一阵恐悚。脚步依旧往前迈着，脑海里却不觉开始脑补他溺亡后的模样——他在湖面上随波移动着，俊白的脸庞就像一只发酵的面团，显露出无力的颓涩，阴白白的。我惊愕于脑中的画面，而那幅画面却仿佛赖上我了似的，久久不退……我由着它，怔了好一会儿直到大脑化作一片空白，眼前的景象变幻成了一派灰郁郁的闷青色的模糊虚影。

我一路惶惶地继续前行。当穿过镌刻着"布洛村"的村碑后，我在心中暗下了个决定，决定不向筱英透露在芦苇丛里看到的一切。独自依循路牌的指示标走着，消失的湖面与空疏的林地一并移退后，映入我眼帘的是一派繁茂苍翠的山林景象。不过谁能想到，从湖岸边走到山中仅仅相隔很短的时间，我竟会又目睹一桩新的蹊跷事发生。当时，我正在登山，那座山同我印象里的其他山林差不多，到处是树木、杂草，就是看多了会使人脑袋昏昏发胀的那种密集的葱翠。樟树、柚树、雪松、苦楝……还有一些叫不上名称的树种，总之各种各样，密密层层。除此之外，一条蜿蜒而下的潺潺的溪流静卧在山腰处。对了，我记得还有一头鹰时不时在我头顶上方几百米外的天空作圆周状的盘旋，而我之所以说这些，是因为它们会在后来再次被提到。但现在，我懒得去说这些，我得从事发前紧要的部分开始讲起。我那时刚进山，正在往山顶上登。登了一阵后，隐隐约约的，我看见前方高处的石阶上有两个人：一个身宽背厚，步伐矫健，像中年男人；另一个则步履蹒跚，身形单薄，像是个上了年纪的老太太。两人一前一后，和我一样也在登山。要说这座山，其实是有些峭拔凶险的，配套设施也跟不上，石阶狭窄不说，表面还铺陈着不少细碎的石子，而且两边连一根扶手也没有。我登了一会儿，便汗急气促，眼看曲曲折折还有不短的一大截山路要爬，心里便不由得打鼓，又想，筱英估计已经攀到山顶了，反正也赶不上她，索性慢就慢吧。呼哧带喘好容易又上了几十级，感觉实在有些走不动了，我便开始边走边找一处可以落脚休息的地方。走走停停，停停又走，幸而眼尖发现距离石阶旁不远的密林深处有条溪流。只听溪水潺潺，看着溪流旁边有块形状扁圆的岩石横卧着，我便走过去靠坐在石头上歇脚。然而才坐下一会儿，便听见不远处传来了一个模模糊糊的喊声：

"妈——"

话音未落，只见位于前方高处的老人慢下了正在攀爬的脚步。

"你看，那是什么？"

远远的，老人像是正在悠悠回过身来。我努力望去，然而也许因为山雾尚未消退，我怎么都看不清他们的面孔，于是只好向着说话那人手指的方向望去——

在林子深处下方的几棵粗树和草丛里，正摆放着一只不知哪儿来的灰绿色的蛇皮袋子。袋口像是松开的，而袋身则看上去是鼓鼓囊囊的。

"那是什么？"老人像是看不清，所以问道。

"我看像是一袋空瓶子！"

"哦？"老人的语气像是流露出了一丝兴趣。

"也许还有别的什么东西吧……"

"别的？比如呢？"

"废餐盒或者其他什么，我也不知道。"

"那我得过去看看——"老人的语气听着有几分迫切，遂又向身后那片坡地走去，可举步刚跨出石阶没两步，便回头又问道："可是这里怎么还会有这些东西？"

"这有什么好奇怪的。旅游景点吃零食、喝饮料的人本来就多，也许是景区里的清洁工捡了放这儿的吧！"

"这么一包，真不少呢！"

"算了，妈，这么大一袋子你又带不走，况且这些东西也不是咱们的！"

"嗨！垃圾废品还分什么谁不谁的？谁捡到就是谁的！"老人理直气壮地说。

气氛顿紧，中年人再不吱声了。远远地，只见老人依然踌躇，继续盯着那只蛇皮袋子。

"别看了，快走吧！"

"我眼神不好，看不清袋子里到底装的是啥。"

"还能有啥呀？不就是瓶瓶罐罐嘛！"

"哦，可我怎么没见着？"

"咱俩的站位高度不一样，可能你那边被树丛，或者落叶什么的挡着视线了，看不见吧！"

"哦，有可能。"

"行了行了，不管是不是，反正咱们也拿不走！"

131

"瞧你这话说的，谁说我拿不走？告诉你——只要我想拿，肯定能拿走！"老人的语气就像个执拗难缠的小孩儿。

"那你说说，怎么拿吧？"

"反正不管怎么拿，不让你拿就对了！"

"……"

"二子虽然没你出息大，但他从来就不嫌我！"老人不满道。

于台阶下方的中年人沉吟片刻后，长吁了一口，半天方才接话道："这样吧，我想办法给你放到什么别的地方去，等过一会儿我们玩完下来，再把它给你取走带回家去，这样总行了吧？"

"对！你可别说，这倒是个好办法，我都还没想到呢！"老人一听这话像是顿时转怒为喜，又道："你呀，一天到晚嫌我这嫌我那，今天破天荒出来旅游居然还肯帮我把这一大袋'好家伙'给提回去，真是太阳打西边出来了！"

"妈，瞧你这话说的——"

"要我说哪，虽然之前咱们母子俩因为一些小事闹得不高兴，可我还是打肿脸充胖子在这一带街坊邻居面前尽夸你好，说你有本事，又孝顺我，可你到底做得好不好，你自个儿心里最明白，对不？"

"我明白啥呀！行了行了，妈，可别说了！"

"不过你今天总算肯改正态度，愿意给妈当一回孝顺儿子啦！"说着，老人咯咯笑了起来，而后不等对方接话，又继续道："一会儿等咱们回去的时候，我可要把这只蛇皮袋子放到车上最显眼的位置，让街坊邻居们好好瞧一瞧看一看！我猜哪，他们肯定会夸你待我好，再不会在背地里笑话我成天吹大牛了，哈哈哈哈……"

"……"

薄薄的山雾就像一条条轻扬的纱幔，缠绕游走在山脊与山谷之间，灰色的岭脊若隐若现。那只看上去被撑得满满当当的蛇皮袋子横卧在两棵杂树之间，若不是正好被树苑部分承托着，很可能早就滚到山下去了。我靠坐在距离他们下方不远处的溪岩旁边，看着一团模糊的身影正在一步一步小心翼翼地向那片林地斜坡移动。密林深处，松软的山坡上满是厚厚的落叶，人踩在上面会发出绵绵酥脆的声响。那身影先是不紧不慢地走过了一小截缓坡，但也许因为越往下去坡越陡，重心难稳，因而移动的速度也变得越来越慢。当好容易走到距离袋子只短短两三米处时，只见周边正好空出一块地方，全然没有可以依扶的树木。地上除了蔫卷枯脆的落叶还是落叶，而就算距离最近的，也只有位于袋子下方的一棵又细又直的杂树。

"你过来！"那身影回头喊道。

"又怎么了？"

"喊你过来就过来！"

台阶上的中年人方才悠悠转步过去。

"哪儿有瓶子？"

"怎么……没……没有吗？"说着，中年人勾着脑袋向蛇皮袋所在的方向又看了看，说："奇怪，我刚才明明看到在那里的！"他一边说一边指去，言语中像是带着几分疑惑。

"来，稳住我！"老人干脆地道。

石阶上的中年人走过去，他先用一只手抓住碗口粗细的树干，然后又将另一只手伸过去——他倾斜着身体抓住对方后，继而拉着她的一只胳膊慢慢地将其送向低处。

　　"欸，这山里的湿气就是重，地上还蛮滑的呦。"

　　"还是算了吧，妈，别再够了。挺危险的！"

　　山坡上，湿软的地面上是一眼望不断的黄绿相间的落叶。

　　"亏我刚才还夸你，这会儿怎么又给我来这么一出？既然你不想我拿，就别和我讲，现在讲了又不让我拿，到底什么意思吗？"

　　"……"

　　"行了，别再废话，只管把我抓紧喽！"

　　中年人不敢忤逆，只拖长声气，幽幽一叹。这时，在林子里正歇坐在溪岩上的我也试着踩了踩脚下，果然不费力气便从鞋底两边挤绽出两溜波浪形的湿泥来。昆虫的嗡鸣从石缝间传出，断断续续，嘤嘤嗡嗡。老人的身影像是很快便触到了承托袋子的杂树，她扶着树干，遂将袋子提起来一看，顿时摇头嗔道：

　　"嘻，狗屁没有！一包全都是些个烂树叶棍棍！"

　　"那正好，省得拿了。"

　　"还有瓶儿呢？"

　　"啥瓶？"

　　"你刚才不是说看见瓶儿了吗？我人在这跟前，也没见着哪儿有啊？"

　　"哦，没有吗？要么……也可能——是我看错了吧？"

"你看看你，人年龄不大，眼神竟还不如我这个老太婆好使，害得我这一把老骨头登上爬下的，造不造孽呦！"

"……"

"行了，不说了，快赶紧拉我上去吧，真是累人不浅！"说罢，悻悻地像是抬起手重又伸向了他。

又慢慢地倾身——

鹰，盘旋在密林上空的鹰，这时，像一道黑色的闪电疾飞掠过。我的目光忽又被那家伙夺了去，眸光随着它飞行的轨迹在空中逗留了半圈，而当视线重又转回到林子深处时，没想到坡上仅剩下了一个人！

心中猛地一紧。

老……老老……人呢？

……

事情怪就怪在，那时候我没有听见什么异样的声响。目光像被鹰掳了去，耳朵也跟失聪了一样。说话声、呼喊声，从坡上滚下撞击到树木、石块，或者其他可能引起的响动，甚至于哪怕是树枝折断的声音，我都没有听到分毫。那只蛇皮袋子还在原地，只是袋身从原来的横躺变成了竖立状，凭借的劲力还是抵立在它后方的那棵小杂树。正当我纳闷儿时，只见高处的中年人三步并作两步，返身快速退回到了原来的石阶正路上。从背后看，那人就像什么也没发生过似的一路顺阶而上。他的脚力很足，越登越快，很快便离我越来越远……我感到一切蹊跷极了，忍不住又开始回想刚才发生的一幕幕，然而想来想去，总感到刚才的一切好像是我的幻觉。我就这么迷迷糊糊地一边想，一边拾阶而上，也不知又登了多久方抵达山顶。

南家营小区 19 栋 102 室的门外放着一只蛇皮袋子。它的肚子在经过昨天一天不间断地"填喂"，现已被它的主人塞得满满当当的。如果有人现在过来拍拍它，准能听到一阵"咣咣咣"的声响。主人每天清晨会将它的肚子腾空，然后赶在天不亮之前拉着它，带它出去找"食"吃。楼道里，一辆破旧的婴儿车是它的座驾，主人每天一早会准点将它放进这台稀破的小车里，然后推着它在小区里四处转悠，就好像它是个还没学会走路的"小宝宝"。主人给它投喂的"口粮"有各式各样的瓶瓶罐罐，比如可乐瓶、雪碧瓶、冰红茶瓶、啵啵乐瓶……除了各种瓶瓶罐罐，主人也会给它添喂一些其他"食品"，比如快递纸箱、一次性塑料餐盒、旧报纸，或者一些废铜烂铁等其他品种，所以，它的肚子成天到晚都是一团糟的，有时候它简直情愿"挨饿"，也不想吃这些败胃口的破玩意儿。可它的主人却不理会这些，她每天乐此不疲地将这些从垃圾桶里缴获来的战利品强塞进它宽敞的肚皮里，直到完全塞满，一点空间不剩，或者把托载它的婴儿车压挤得"唧唧吱吱"直叫唤才肯罢休。然后，在被推回家后的第二天，主人又会将它肚中的"食物"倾倒出去，归类分食给它的"兄弟姐妹们"，它们有的被安排专门放硬纸板，有的被安排放瓶瓶罐罐，还有的则被安排放废铜烂铁，分配给

它们吃完所有之后，主人会集中在一个时间段里将它的"兄弟姐妹们"装上她的小三轮车，聚集在一起拖送到背街里的一个废品回收站。在那里，老板会给它们称重，单价高，又分量足的袋子当然最值钱，等到逐一称完后，主人便能从老板那里收获一些钱，然后她会用它们去菜场，或者超市购买一些食物或者日用品。

　　和"兄弟姐妹们"相比，它虽然吃得糙，但至少不用每天重复一种"食物"，这恐怕也算是不幸中的幸运。主人每天生活的重心就是找"食物"来喂它。而它，就像一个一直被投喂，却永远长不大的"小宝宝"。主人的家里和它肚子里的情况差不多，角角落落堆满了各式各样被回收站老板拒收的二手货，这些物品之所以会流落街头有时只是因为它们的主人太过喜新厌旧，而非它们自身糟糕到了必须被清理出门的程度。这些旧物被抛弃后，十分幸运地撞见了它们现在的主人，她把它们从路边捡回来堆放在家里，指望在将来的某天还可以让它们发挥余热。这些物品大到桌椅板凳，小到花瓶、相框、闹钟、脸盆架、拖鞋，甚至一些锅碗瓢盆……现在，主人的家里都可以开一家旧货店了。它们被安放的房子只有六十来平方米，里面住着主人和她的小儿子——一个大龄未婚的男青年。自前年，主人的老伴去世以后，主人先是被她的大儿子从农村老宅子里接出来，搬去城里与他们一家三口同住。那间房子比她现在的住所大出三倍不止，两百二十六平方的精装复式楼，一梯一户、有通过人脸识别才能进出的门禁锁，房间里更有智能恒温恒湿系统，聪明的扫地机器人，用手机便能远程控制的智能冰箱、空调、洗衣机等等，那里适配的一切是城里人参观后也会不胜欣羡的高档小区。可主人自从搬进去以后常常感到心慌失措，因为那里没有可以聊天儿的乡里乡亲，没有让她感到舒心惬意的山野和稻田，也没有可以用土灶烹出的可口的农家饭菜，电视里的节目都是属于年轻人的，讲的更是她听不懂的时髦笑话和网络段子，新闻联播里实时播放的是最新发生的国内外大事，但这些事情却是她并不关心的，她像是从过去的世界穿越而来的一只老古董，她和后来从许多垃圾桶捡回来的二手物品一样，虽然凑合能用，然而注定是要被当下这个时代淘汰的。城里的时间日复一日，每一天，对她来说漫长得如同一部开启的永动机，好像只会周而复始地这么无聊地循环下去。她常常觉得无所事事，好像每时每刻都在等饭吃，吃过了早饭等中饭，吃完了中饭再等吃晚饭，日子变成了一种了无生机地循环等待，直到后来她终于在一次偶然中发现了一种充满"希望"的新生活。

那是她到城里的两个半月后，一天清晨，天刚蒙蒙亮，她在小区里做晨练，忽然看见一个老师傅在垃圾桶里翻找什么，她感到很好奇便凑过去问，没想到老师傅竟然慷慨地把自己的快乐分享给了她，也就是从那天开始，她慢慢将身心投入到一种前所未有的全新的城市生活中去。人，在专注一件事的时候，常常会感到时间很快就过去了。如果加上正好这件事又能收获某种满足感，人就会更加执着，且充满干劲。主人从这件事上获得了物质上的奖励，金钱让她感到自己的价值。有时候，她会把这些废品想象成田间的"稻谷"。年轻时，她和丈夫靠种庄稼赚钱养家，好容易才拖大了两个儿子。稻谷一年里产收两季，废品却是时时刻刻都会生长的"作物"，短到每天、每半天、每个小时，甚至于每隔几分钟都可以重新来收割一遍。她被一种由金钱而起，但又不限于此的巨大的满足感充盈着。她每天都感到精力充沛，每捡到一个瓶子、一个快递纸箱、一沓废旧书本，于无形之中都能激起她抵抗时间与虚无的生活斗志。可是，这恰恰使得那套敞亮整洁的房子遭了殃。瓶瓶罐罐被带进洁丽的屋子必然会引发矛盾。起初，她的儿子和儿媳以为老人是因为手头紧才会去捡这些破烂东西，于是他们给她钱，一千、两千、三千……一点儿也不吝啬，他们耐心地告诉老人，这些被人丢弃的物品很可能带有很多致病菌，会让她年幼的孙子和他们染上奇怪的传染病，让她以后别再这么干了，如果需要钱尽管和他们说。老人当时点头应许下来，然后难挨的时间又开始找上她。从垃圾桶旁路过，眼皮子底下的废品不能捡，就好像田间的"稻谷"生长到了成熟的季节却不能收割，只能眼睁睁地看着它们烂在"地"里，这令她感到十分难受。后来，她想，算了，眼不见为净，干脆把自己关在家里不出门，结果连着几天她又憋闷得透不过气来，觉得再这样下去自己迟早要憋出病来。一周后，她终于还是忍不住出了门，然后克制不住地，她又开始偷偷摸摸地把那些东西捡回来，为了不让家里人发现，她有时把它们掖藏在房间的床肚底下，或者衣柜里，有时候则不带回家，悄悄藏掖进绿化带的小树林里。可是，没过多久，这个秘密还是被她精明的儿媳妇发现了，因为儿媳总能闻见老人身上有一股酸腐难闻的垃圾味，这股气味让她感到恶心，甚至吃不下去饭。她因此旁敲侧击地点了老人几句，然而每次都遭到对方的矢口否认。老人的房门始终闭锁着，可若有若无的怪味却终日弥漫在这间房子里。有一天，儿媳决定要证实自己的判断，于是趁其不备偷偷配了一把卧室的房门钥匙，然后趁着老人出去的空当，偷溜进房间仔细地翻找起来——果如所料，衣柜、床头柜、还有床下到处塞着花花绿绿的饮料瓶子，儿媳忍无可忍，待到老人一回来便开始大肆数落起来，老人的自尊心因此大大受挫，结果掀起了一场巨大的家庭风波。儿子夹在母亲和妻子中间，表面上为难，但心里其实是向着妻子的，不过，他向着妻子的原因并不全是因为附在废品上的那些致病菌，而是因为他的面子，楼里上上下下都知道他在单位里是领导，领导的母亲居然在小区里捡废品，他当然受不了这样的指指戳戳，更不愿意一而再，再而三地为此而妥协下去。于是，他也借以全家人的健康为由，不再态度暧昧，而是毅然决然地站在妻子这一边。老人成了他们排斥的对象，在这场孤立的对抗中她一下子血压升高住进了医院。在医院里，老人决心等到出院后就搬出去，她想要回农村里安度晚年，她想，那里没有扰人心神、眼花缭乱的各种城市垃圾，那里使她感到心安，那里的时间和她的生命从来都是融为一体的。然而，谁也没有想到，她因为血压升高住进医院，却被查出肾脏和记忆力出了问题，后来医生告诉她的家人，这些纠缠上老人的病症将会随着时间的推移而渐渐恶化。

"也许，我们可以把他送到养老院去……"

老人的两个儿子在电话里商讨着出院后的安排。

"妈平时自由惯了，肯定不乐意在那儿待。"

"都到这分儿上了，还谈什么乐不乐意？"

"哥，要按我说，还是随她心意吧。"

"她的身体状况现在在这儿摆着，又到了需要人照顾的时候，养老院里有条件，而且还有人陪护，无非是花点钱的事！"

"这点我当然明白，但问题是她还没到那个程度，而且我觉得那里约束太多，她肯定住不习惯的！"

"刚开始有点不习惯，慢慢不就习惯了嘛！"

"慢慢？"说着，他在电话里无声一笑，心想：所谓"慢慢习惯"大概指的就是人快要不行的时候吧。但他没有将这话说出口，而是道，"如果慢慢还是不能习惯呢？"

"那就再想别的办法呗！"

电话的另一头沉吟片刻后，道："要么这样，让妈上我这儿来住吧。"

"上你那儿？"

"嗯。"

"你家地方那么小，个人问题又还没解决，让妈去你那儿，到时候再把你家里弄得一塌糊涂，哪个女人肯跟你？这不是害你吗？"

"害？"电话里顿然一寂，片刻后又道，"总之，你和嫂子别操心，就按我说的，把妈送来就是了。"

"……"

余下的沉默，被视为双方都默认接受了这样的安排。

出院以后，老人便在南家营小区 19 栋 102 室住下了。老人的小儿子对于她捡废品的行为一度也很苦恼，常常劝说，然而她并不理会。有一回，老人理直气壮地反驳儿子，说："哎呀，小时候我叫你好好学习，你也没听我的，现在我老了，轮到你来管我啦？"老人的小儿子听后忍不住摇头，笑叹道："好吧，果然不是一家人，不进一家门！"说完，母子俩又都不约而同地笑了起来。久而久之，老人也收敛了些，尽量不把捡来的东西带回家里，而是改放在了门口。小儿子则也慢慢接受了她捡废品的事实，睁只眼闭只眼，也不太过分苛责她。他好像悟出自己生命里需要接纳的，不再是儿时那个壮健的年轻母亲，而是一个行将萎落，孤单的，在步入生命后程需要依靠外物来抵御时间、收获满足的老太太；而他应该要像老人对待那些被捡回来的旧物件一样，多多去宽容和珍惜他正在一点一点消失的母亲。

我越发觉得小丸子像是个从异世界穿越来的鬼灵精。虽然两次均未在最后时刻亲睹，但同车来游的两家冥冥之中都像被她的预言应验，难免不令人疑惧。及至山顶，空气变得清润旷朗，草木的气息也比山脚下的更足。天色阴沉，山间的雾气不再遮挡人百米以内的视线，只有当纵目远眺时犹才依稀可辨几抹薄淡的、丝带状的云雾环绕在山峦与层林之间。

　　筱英守候在山顶平台的一棵苍松下，像是在等我。

　　"刘顺——"果然，她一见我便高喊道。

　　我向她走去，心情还在忐忑起伏。

　　"这地方看起来怪怪的。"她的话顿时分散了我的注意力。

　　"怪？哪儿怪了？"

　　"刚才我进到村子里，碰到了一个长相很奇怪的人！"

　　"长相奇怪？"

　　"嗯。怎么说呢，我觉得他有点像……像……科学怪人！"

　　"什……什……什么坏人？"

　　"科——学——怪——人——！"

　　我连连摇头，只觉得她说话莫名其妙。

　　"就是上周你在家里看片，说蛮有意思的那部电影《科学怪人》呀！"

　　经她这么一说，我才回想起来。

"我是说，我看到的那个家伙活像电影里面用残肢拼凑出来的怪物！"

话音未了，我蓦地一怔，说："你这是在和我开玩笑吗？"

"天哪，我可没心情和你开玩笑，我就是因为被那家伙的模样给吓着了，才从村子里面跑出来的！"

"人家是山民，长得费劲一点，居然能被你贬成是怪物，看不出你的想象力还蛮丰富的嘛！"我不以为然道。

"不是长得费劲！嘻，怎么和你说呢，我就是觉得那家伙哪儿哪儿都不对劲！"

"哪儿不对劲，你倒是说来我听听——"

"反正，我老远就能闻到他身上有一股特别特别难闻的气味！"

"难闻的气味？汗味，还是狐臭味？"

"汗味、狐臭味我能闻不出来？都不是！讲真，好像是一种带有血腥气的腐臭味！而且还有……"

"还有什么？"

"还有，那人看我的眼神也不对！"

"行了行了，别神神叨叨的。"

"刘顺，我再说一遍，我是认真说的，没和你开玩笑！"

"好了，咱俩现在一块儿进去看看不就得了！"

"不，我才不要进去！"

"……"

看着她一副怯怯的模样，我心里忽生出一点莫名的暗喜。氤氲的水汽在薄薄天光的渗透下，挟着乱丛丛的草木隐隐晃动。我梗着脖子向前方林间耸立的那一排低矮的竹木楼屋望去，淹润寥廓，眸中的一切就好像从幽幽古镜里倒映出的朦朦镜像。

"现在几点了？"我问。

"应该过十二点了吧……"

"所以，我们得进村买点吃的，不然现在下山，万一像刚才那样前不着村后不着店，岂不是要饿着肚子回家？"

"可是——"

"别可是了，就这么着吧！"

近在眼前的村寨，让筱英如此生畏着实勾起了我的好奇。

"有我在，你怕什么？"我又望了她一眼，顺便拍了几下胸脯说。

"怕？我我……我才……才不怕呢！"

"好吧，我答应你，进村以后随便找个小卖店买点软面包、茶叶蛋、火腿肠啥的垫垫肚子就出来，这样总可以了吧？"

"……"

她抿了下了唇，片刻后犹才勉强地点了点头。见她口风有所松动，我心里顿时雀跃了一下。此时，她的神色反倒变得不安了。我站在她身旁，等她举步与我一块儿向前，然而片刻下来，她依然不肯挪步，表情也是木讷讷的。我于是将她的胳膊一拽，令她不得不迈步，她就这么不情愿地由我拉着，脚下犹不时紧一阵慢一阵。蜿蜒的山径旁，除了大片葳蕤蓊郁的树丛之外，到处阒寂无人。走走停停，当穿过一座观景大平台后，我们又登上了一小截缓坡，至顶，又一路下去。这

145

时，天色开始变暗，头顶上方的乌云就像一只巨大的锅盖压迫着我们，地势不再抬升，而是以一种无限舒展的姿态伸向云山深处。又走了一会儿，当近至这排竹楼跟前时，一条曲幽的廊道出现在了我们的面前，这条廊道和我们上山来时的云步石梯不同，它一片残破，像是年久失修，或已遭废弃的。地表坑洼不平，上无盖顶，侧无围栏，并且每隔两三米的距离便会对称立着一根木廊柱。而且这些廊柱看着也很脆弱，推一推便晃几晃。锈迹斑斑的铁条横担在各廊柱的上方，周围疏疏落落地缠绕着乱发似的野生藤蔓。我和筱英站在这里，随着目光逐渐放远，前面是一溜由竹木搭建、呈弧形排布的楼群，而这条廊道恰与这片楼群的走道入口相连。

那里应该就是筱英所说的布洛村了。我心里想。

"要么，还是你进去看看有什么想吃的吧！"筱英忽然慢下脚步道。

"说好一起走的，你怎么又变卦了？"

"呃……我……"她吞吞吐吐，眼睛也不看我，眸光直落在我们面前的木廊柱上。我顺着她的目光，只见柱身表面有许多隐裂的劈痕和沟槽，有些像是牙咬出来的印痕，这些大大小小、深浅不一的凹痕相互叠交，看上去十分怪异。

"你真不进去？"

"嗯，我在这儿等你吧！"她坚持道。

我又看了她一眼，她的脸色微微泛白。默然一阵后，我才将目光从她的脸上移开，遂而投向走廊尽头及周边。廊道外，一溜竹木楼屋正矗立在我的正前方，左边低，右边高，它们高高低低，如犬牙交错，一栋一栋自然衔接成一弯半包式的扇形弧面。从目前我所处的方位来看，这些小楼把后面的景象全都遮挡住了，楼背后有什么全然看不到一隙。筱英这时抽身后退了几步，坐在旁边一条残破的石凳上，见她没有跟进的意思，我只好独自向前。这条廊道乍看不长，走起来却像没完没了的迷宫回廊。不一会儿，我和筱英便拉开了一截距离，而正当我要踏进入口时，传来一阵急促的脚步声，一回头，只见筱英正急急慌慌地从我身后跑来……

她停在我面前，牙齿不住地打战，半天吐不出一句话来。

"怎……怎么了？……"我惊诧地问。

她闭着眼，紧咬嘴唇，拼命摇头。

"到底怎么了？你倒是说话呀！"

"后……后后……"

她剧烈地颤嗦着。被阴云笼罩的廊道此时暗沉沉一片，浓烈的异味正从廊道的另一头飘来。

像腐臭，又带有一点铁锈般的血腥味。

"……后后……面……"她酝酿半天，好容易从喉咙里挤出余下的字音。

我忙一回头——

一个人影正摇摇晃晃地向这边走来。天色阴沉，一时我也看不清那人的样貌。

"别看了……"筱英一把拉起我的手，颤颤道。

她越紧张我越好奇，就想看个究竟，因而一点儿也不挪步。

越来越近……直到我终于看清楚了那家伙的脸！

——那是一张面无表情的老人的脸！面颊无肉，一双高耸的颧骨就像两枚石蛋被塞在了皮下。看着这张脸，我想了半天，一会儿觉得他好像小丸子的爷爷，一会儿又觉得不像。这人的脑袋、脖子、四肢……全身到处呈露出一种病态的青灰色，除此之外，他眼珠鼓瞪，眼膜充血，口角周边时不时流淌出一种半黑半红的浓稠的黏液。他的嘴巴嚼动不停，就好像在嚼咖啡渣。他正缓步向我们走来，眼睛死死地盯着我和筱英，他沉重的步伐拖在地上，看上去就像一个从荒野里跑来的病疯子。

我的心怦怦直跳！

"后——面——！"筱英又开始大声重复。

"什……什……什么后面？"

"后面还有！"她继续喊道。

"还有？！"

正这时——

一声震耳的吼声不知从哪儿传了出来，跟着又爆出一叠连声！

"这个村子有好多这样奇怪的家伙！"筱英眉心揪结道。

异味越来越浓！放眼一望——果然那人身后跟着好些正跌跌撞撞走来的身影。

"……"

"别傻愣着，还不快跑！"不等我反应，筱英便一把拉起我冲向昏晦的竹楼里。

天色瞬间变黑，好像一场雷暴来临的前刻！

我和筱英像两颗出膛的子弹，一头扎进竹楼走廊里拼命奔逃。两个人，四只脚，踩在楼板上踏出咚咚咚的急促声响，这响声就像在敲竹鼓。我们从一楼跑到三楼，再下到二楼，又上去，从东到西一直不停地转圈。

　　"刚才进村，你看到的就是那家伙？"我边跑边问筱英。

　　"看着像又不像。"

　　"这些人好像得了什么怪病似的……"

　　"我真后悔答应和你进来，那些家伙现在堵着入口害得我们都没法回头了！"

　　"找找，应该还会有别的出口！"

　　"刘顺，老实说，我可是一分钟都不想在这鬼地方待，我们得赶紧想办法离开这里！"筱英蹙着眉，略顿了顿，又道："真没想到，居然都被你这张乌鸦嘴给说中了！"

　　"我说什么了？"

　　"刚刚在湖边的时候，你不是说没准哪天我俩会遭遇危险，结果你看看今天都还没过完，该死的霉运就自动找上门来了！"

　　"他们不过就是些病疯子罢了，没什么好害怕的。"

　　"说得轻松，别忘了，疯子杀人不偿命，被弄死都是白死！我真搞不懂刚才你干吗非想要进来……"正说着，又顿了顿，道，"而且

149

我心里老有一种不好的预感……"

我的心不由得"咯噔"一紧。

于突然之间——

……

"好吧，你说得没错，如果她在这趟旅途中意外身亡，我是会得到一笔大钱！"我忽然感到有种不可思议的力量正在涌进体内。

小丸子的形象再次浮现在我的眼前……

"多少？一百万？"小丸子抱着肩，邪邪地笑道。

"你怎么什么都知道？"

我和小丸子在来这里的车上悄悄地说着。

"所以，你打算杀了她？"

"不不，没那么简单，如果不是意外的话，我连一毛钱都拿不到！"

"所以，你一直在盼望能有意外发生，对吗？"

"可别这么说……"

"行了，别不承认，你心里其实就是这么想的！"

"如果你非要这么想，我也没办法。不过，你应当相信我是个好人！"

"顺溜叔叔……"

小丸子的嘴角忽又漫开一丝笑意，道："你的心愿会实现的！"

"就像这辆车里的其他人一样，在这里，你们的愿望统统都会实现的！"小丸子的语气就像一个笃定的小预言家。

"……"

脑海里尽是些没头没脑、奇奇怪怪的画面……

"现在说这些有什么意思？"我只想尽快转移话题，于是对筱英说。

"……"

我们一边逃跑一边说话，楼上楼下躲来绕去，直到终于确认甩开了那些奇怪的家伙，我方才长舒一口气。

"我真……真……跑不动了……"我大口喘道。

筱英皱着眉头看了看我。为了不被发现，我俩每走一步都尽可能放轻放慢。走廊外，阴云密布，远处的山脉隐隐约约传出低沉的滚滚雷鸣声，走廊里，到处昏昏暗暗，时间的罗盘仿佛被柯罗诺斯^①拨乱了指针，骤然滑落至傍晚的时光水池里。一阵又一阵潮湿腐霉的气味正从竹木的裂隙里飘散出来。这排由竹竿、原木及泥土混合筑成的楼屋，在经年累月的风吹雨淋后，顶、地，以及墙裙周边，多已出现腐朽的霉斑，有些甚至于被风雨剥去了表皮，直露出朽裂的褐白色的内芯。走过去，轻轻一抠，便能感到其内里枯脆如烟叶，捻搓上去尽是微微刺手的细屑。脚下的地板很是湿滑，我亦步亦趋地跟在筱英身后。走廊里，暗悄悄一片。走着走着，一滴沁凉的水滴落下，渗进了我的头皮，这一短暂的，然而又十分尖锐的冷刺感使我猛地一颤，不由打了个深深的激灵。

我觉得自己仿佛进入了一个交互感十足，真人密室逃脱的场景中。

"你刚才说你到过这排竹楼后面？"凉意激醒了脑回路。

"嗯，这后面是一些矮旧的竹屋，没这排高，全是独立的平房！"

---

① 柯罗诺斯：古希腊神话中的时间之神。

151

"如果不走原路，而是绕到竹楼后面重新找路下山，你觉得能行得通吗？"

"这我哪儿知道？不过也可以试试，反正怎么着都比待在这里瞎转要强！"

我点了点头，心想确实，从刚才到现在，我俩就像两只无头苍蝇在楼上下胡乱窜来窜去。这排竹楼每隔三五米就有一间房，且门全是闭着的，被那些怪人追赶时，我们中途也停下敲过，可屋里总是没人回应。

到处昏黢黢一片。

"哎，对了，你之前是怎么到竹楼后面的？"我忽又想起来问。

筱英慢下脚步，吁了口气，说："我之前从廊道走过来的时候正好看见间房门开着，就顺便朝里面喊了两嗓子，结果也没人回，我就走了进去，可没想到那间屋里空空的，只有一扇通向室外的边门正巧也敞着，我于是就从那里走了出去……"

"可是，刚才在楼下来回了那么多遍，也没见有哪间房门开着啊！"

"是的，我也纳闷儿呢！"

"不会是跑得急，没在意吧？"

"也有可能。"

"你还能记得具体位置吗？"

"这可要费一番脑子想想了……"筱英沉吟片刻后，摇头说，"倒是真不大记得了。"

"唉，不记得算了，只能回头再找找试试！"

听罢，她点了点头表示赞同，可瞬间又迟疑了一下，说："可我们怎么才能顺顺利利地下到一楼？那群疯子没准正围堵在楼道口等着抓我们呢！"说时，她的眉宇间流露出畏惧的神色。

我和筱英就这么在走廊里踱来踱去。默然一阵，彼此脚下的步子跟着又迂回一阵。

"刘顺，你说如果遇到危险，你会丢下我不管吗？"我们本来正一前一后地走着，可她忽然没头没脑地冒出这么一句来。

"……"

"你干吗不说话？"

"不……不……会……"

"怎么还犹犹豫豫的？"她用一种锐利的目光看着我说。

"不会！"我赶忙高声答道。

"真的？"

"假的。"

"你……"

"开玩笑的啦，"说着，我又觍着脸道，"那反过来，我问你，要是换作是我遇到危险，你会怎么办？"

"这个问题根本就不需要问！"她说，倒是干脆的语气。

"怎么到你这儿就不用问了？"

"我要是想丢下你，刚才看到那些疯子的时候就可以直接从旁边绕开逃走，还需要跑过来喊你吗？"

"……"

她的回答令我一怔。

"你怎么了？"她看着我，目光好似一把铁钳。

"没……没没什么……"

"那你干吗这样看着我？"

"……"

她的话在我的耳边回荡……

她问我干吗要这样看着她，我们四目相对。此时此刻，我看不到自己的眼神，但我能想象正在用怎样一种眼神看着对方，眸光想必是精亮的，眼神里多少带有一丝愕然之色。而在这丝愕然里，也许还会有些别的，比如：一些不可示人的秘密。我目不转睛地看着她，现在，临近她身后的楼道里悄悄来了个家伙，从那家伙探出半边脑袋的一刻，我就已经用余光瞄上了他。而当他将整个身子堂而皇之地亮出来时，我很快便认出他是刚刚在走廊里尾随我们来的老头子。这个看着病恹恹，又近乎失常的疯人，现在正一步一晃地朝这边走来……他的步伐比在走廊里时更沉、更慢，他摇着身体，看上去就像一只电量不足的玩具人偶。我看着他一点点向筱英身后走去。慢慢腾腾，目光迟钝。时不时地，他面部的肌肉无序地抽搐着，有点像在苦笑，又有点像在受疼。他脖颈右侧的锁骨下方有一处泛着褐红，像是结了痂的伤口，这处伤口不知什么原因没有清创，也没有被包扎，就这么暴露在他右侧锁骨的下方，一些剥落未清的鲜红皮肉粘连在伤口四周，使得这处伤口看上去血肉模糊。而在这一伤口的正中间，两块指甲盖大的不规则圆孔正汩汩地冒着红浊的血液，这些血液顺着伤口流淌下来，仿佛旱地里的一泓泥泉。老人的短白褂上沾遍了浑浊的黏液，杂乱无章的线条是游走后留下的轨迹，这些印迹从我这里看过去就像一个拙劣的涂鸦师的手笔。然而它们还在不停地向周边漫扩，顺着他的衣角滴流下来……一滴……两滴……又连续几滴……这个惊悚的画面使我恐惧，使我一时间难以将其与人类皮肤的伤口相对应起来。老人走得很慢，很吃力，脸上犹不时会流露出一种痛苦的神情。而就在这时，也是筱英恰将注意力转向我的同一时间，我惊诧地发现她竟然完全没有觉察到身后发生的一切！

我敛声屏息，余光紧锁在她背后。

那是什么？

他从身后亮出了什么东西？

这家伙的手——一直背在身后的右手，突然间亮出了一根缠绕着藤蔓的粗长铁条！这根铁条好像在哪儿见过……哦对了，我想起来了，是横担在外面木廊柱顶上的铁条！

铁条的一端是锋利的铁刺，就像冷兵器时代的矛！

"长矛"被挥舞着，空气里时不时地传出"呼呼嗖嗖"的气流声。然而这番异样的响声不知为何竟然没有被筱英觉察到。她若无其事地站着，在我的跟前，我的眼底里。时间在她那里就好像被摁下了暂停键一样。手持"长矛"的家伙正向她走去，他的步速与抡舞铁条的节奏正相适配，就好像一个在舞台上表演默剧的演员。当走至她身后时，他突然停住了脚步，挥舞的动作将他手中的武器带到了她左侧颈后的半空中。这时，只见他沾满"咖啡渣"的嘴角忽然微微一扬，露出了

155

一个笑容，一个令人生生齿寒的诡异的微笑！

他的手，居然——

居然慢慢，慢慢地……抬了起来！

颤颤，慢慢。

握杆，瞄准，立腕，转肩，犹似发力——

我顿时瞪大双眼！

"和你说话呢！"

——是筱英？

"什么？"我听见自己的声音。

"干吗呢？"

一种混混沌沌的眩晕感把我攫住了。我好像跌入了巨大的酒缸里。人呢？血腥的杀戮怎么消失了？还是根本就不存在？筱英安然无恙地站在我的面前，她的眼睛就好像一个深邃的黑洞把我吸纳进去，又释放了出来……一秒钟，一分钟，又或者十分钟，我不知道。我只知道刚才确确实实出现过一个人，一个病恹恹的疯老头子。现在，我好像从意识的黑洞里爬了出来，迷迷瞪瞪，昏头转向。环顾左右，走廊里一片空空，筱英身后没有人，没有"长矛"，没有血河，什么都没有！她的目光一如前刻般紧盯着我。走廊里，是一如既往的安静，静得好像针掉下来都能听见。我的后脊微微发凉，脑袋却是热的，冷与热纠缠在体内让我禁不住直打哆嗦。筱英凑过来又对我耳语了几句，她想出了一条从西边下到一楼后再沿着走廊依次推门找出口的逃生路线。她说，这样可以最大限度地避免迷路，然后我们就按照既定的路线和方法，我走在前面，她跟在后面。当来到走廊西边的尽头后，我先一步顺阶而下，当下到最后几层时，我忽然感到身后没有跟随而来的脚步声，静候了一会儿，也还是迟迟未见筱英现身。

我压低嗓音，又朝楼上喊去。

楼道里的光线暗罣罣的，映入眼帘的天光就像用淡湿的水墨反复渲染皴擦的运笔。

楼道里没有动静，又等了一会儿，我终于捺不住决定回去找她。一层，两层，当上到第三层时，隐隐约约，我听见楼上传来"啪嗒——啪嗒——"均匀又沉重的脚步声。这一串足音带着回声，像是从走廊中段传出来的。一步，一步，又一步，再一步……当我终于回到楼梯中间时，又闻到了一股似曾相识的气味，只见楼面的墙角到处漫流着浑浊的黏液。

"筱英……"我鼓足勇气又向楼上喊去。

液体很快漫至我脚下，怪味再次扑鼻而来。

"啪嗒——啪嗒——"随着脚步声的一近再近，手持"长矛"的老头竟又从墙体背后霍然现身！我顿时一怔！仿佛刹那间又坠回到原来的场景里，两条腿跟灌了铅似的根本抬不动！而这家伙估计是看我吓傻了眼，一边朝我摇头晃脑，一边又挥动起他手中的武器，好像在和我宣战似的。我的大脑顿时陷入一片空白，待好一会儿后才渐渐回过神。而这时，他却汹汹地又向我扑来，吓得我一时间什么都顾不上，掉头就跑。我拼命地往楼下逃去，在昏暗潮湿的楼梯间里一路狂奔，越跑越慌乱，然而不知怎么地，跑得满头大汗却还是下不到一楼去。于是急得大喊，不想身后的脚步声又变得稠密、杂沓，叫喊声和脚步声叠织在一起，混和成了一团犹如洪水猛兽群踏而来的雄浑之音。我奔跑的速度也更加疯狂、失序，然而奇怪的是，这座楼梯好像跟着我在不断地自行复制粘贴，我越跑越恐惧，最后终于心一横牙一咬，张开双臂，跨出一大步，"呼腾"跳了下去——

这一跃使我感觉忽一下全身变得轻飘飘的。失重的轻盈感将我的身体充斥得满满。凌空——我像一只松了线绳的热气球，忽然消失了，又或者没有消失而是被抻长了，揉扁了，就好像孩子手中的橡皮泥，被随心所欲地揉捏成某种奇异的形状。我觉得自己悬停在了半空中。我将双腿轻轻向后一甩，身体立刻展平成了俯卧的姿势，我像一只蝙蝠伏贴在楼道的顶壁上，看着那群奇怪的疯子一股脑儿地从我身下蜂拥而去，而他们好像根本看不到我，他们的步速不像在廊道里时那样慢慢吞吞，而是前赴后继地蜂拥下楼。当看着他们如潮水般退去之后，我只觉得眼前一黑，两腿发沉，跟着只听"嗵——"的一声，随着一道幽灰的光线在我眼眸里漫洇开来，我方才慢慢地睁开了眼……

再一看，竟发现自己正躺在微凉的地板上，环望周边，右边是走廊，左边是楼梯间。

原来是踏了空，栽了一跤！幸好没白栽，我一边撑着地板坐起来，一边揉着脑袋，心想：这下总算滚到一楼了！

前面是一条狭直的走廊，走廊的地面由一块块充满裂纹的木板铺设而成。地板上的湿气很重，我撑着地坐起来，两只掌心湿漉漉的。距离走廊前方有个交会处，除了与这条走廊对接之外，它还与另外两条不同方向的通道相连。两条通道，一条斜直，一条横弯。斜直的，又与另一栋竹楼相通，而横弯的，随着目光放远，恰使我回想起刚才进入这里时的那条廊道。

　　我的脑袋好像走廊外的天空，昏昏沉沉的。疯子们都哪儿去了？回想先前的一幕幕，我不由得向身旁的楼梯间里望去——随着宽高的楼梯一寸一寸地在眼中被放大，我感到它就像个沉默的巨人耸立在昏暗的角落里。走廊外，时不时传来隆隆的雷鸣，这响声就好像是从遥远的乌绿色森林里被抛出的，又像是从低垂的铅灰色云层深处滚落下的——这边刚进入我的耳鼓，余音未消，那边又传出"轰隆隆，轰隆隆"一长串的响声。我盯着这座楼梯，恍惚中感到这一声声的巨响是从它体内憋出的慑人的发声。出至楼梯间，约略又走了几米，没想走近之后竟发现身边有间房门没有闭严。欣喜间，就势将手触在板壁上准备推门进入，不过就在将推未推之时，竟又听见房间里隐隐地传出了一声叹息——这一突如其来的人声令我一怔，往门缝里一觑，果然有人影在晃动……

　　湿薄的凉风恰从门缝里钻了出来，房间里的光线比走廊里更幽暗。

昏暗的光线下，房间里有人正在说话，朝门缝里窥去——两个人，一个曲身伏坐在地，另一个则像是在对伏地者行鞠礼。因相隔一段距离，两人的衣着以及相貌，我只能看个大概。只见伏地跪坐的那人，正垂着头，坐姿是微微佝偻的身形，像个老头。而位于他身前正站着行鞠礼的，则是个身背挺拔，披着袈裟的僧人。环顾一圈，确如筱英所说，这间房内空无一物，只有墙角处立着一道门，不过，这道门现在看上去也是关着的。

幸而倚立在门后的我没有被发现。我将门轻轻一推，透过缝隙，于晦暗中，只见那僧人鞠礼行毕后，双手合十，正向跪伏于他身前的老头不急不缓地道："观自在菩萨，行深般若波罗蜜多时，照见五蕴皆空，度一切苦厄！"跪伏的老头一时无言，像在摇头。僧人见状，又淡淡道："贫僧不受礼拜，还请施主起身！"老头听罢，沉吟片刻，方才说道："求求你告诉我怎么才能从这个鬼地方出去，我在这片林子里来来回回绕了整整一天一夜不止，其间见不着一个人，等不来一趟车，同行来的家人现在一个都找不到了……"说着说着，竟呜咽起来。僧人默思片刻，浅浅一叹，想了一会儿，方又回道："世间万事，皆有因由。"老头即道："只求大师一指出路！"僧人犹似顿了顿，幽幽缓道："此地与世隔绝，甚难觅得出路！"老头听罢一怔，忙道："跪求指点！"正说话间，就势伏下，五体投地，任由僧人一再搀扶，他却还是迟迟不肯起身。见他执意不起，僧人只得一声长叹，无奈道："天意难违，施主既然至此，只怕是生平之定数呀！"老头像是不解，依然摇头不语，僧人见状道："众善奉行，今日既与施主结缘，便待贫僧为您推

161

指算一算吧……"老头一听，诺诺连声道好。此时，周遭很快又陷入一片静默之中。僧人沉吟半晌后方才问："施主膝下是否有一双儿女？"老头说："是有一儿一女，没错！"僧人又问："敢问施主是否身患恶疾？"老头一听，忙啧啧连声："大……大师……果……果然神算！"僧人顿时摇头喟叹。老头见状，又继续道："还请大师明示！"僧人道："施主可知现下身处何处？"老头回："这里不是号称森林仙境的'布洛湾'吗？"僧人只一声短叹，犹且答道："是，也不是……"然而不等对方接话，僧人又继续："此处虽名为'布洛湾'，可坊间实称为'鬼门关'，又为'送亲之地''冤灵之地'，其方圆数十里内向来鲜有人迹涉足，于此衰草遍地的绵绵群山之间，间杂着的不过是一座座坟茔荒冢而已！"老头且忙又追问："你这话是什么意思？"僧人直言道："顾名思义。"老头顿时懦懦地摇头。僧人缓了缓，方才说道："人本清净无染，后常因受情尘欲垢障蔽而迷失本心本性，既而沦困于心魔迷障之网，施主的后生若非天生薄情寡性之人，只怕也是因一时之恶念孳生妄动了嗔心，故将你相送至此而不顾矣！"老头愣了愣，急忙回道："要照你这么说，儿女们是故意把我丢在这儿的喽？"僧人道："贫僧亦不敢妄下断言。"老头愣了一愣，然而于忽然间又一番陡然色变，怒斥道："你这野僧，我不过就是向你问个路罢了，你怎么说着说着就胡说八道开了？我才不相信你的鬼话，他们明明是带我出来旅游的！"说完，又开始一阵骂骂咧咧。可僧人夷然自若，默了默，淡淡回道："信与不信，皆有归处！阿弥陀佛——"话音一落，气氛霎时冷凝如冰。寂然片刻后，只见僧人从容拂袖，意欲出门。老头见状，口气顿时又放缓和了许多，说道："好吧，就算如你所说，这是我的命中劫数，那也请你来个痛快的，把话讲清楚再走不迟！"

走廊里，软风瑟瑟，雷声隆隆。

僧人略顿了顿，方道："不知施主还有何苦闷？"老头道："我现在就想知道到底怎么才能从这儿出去。"话音落去，僧人不答，只一再摇头道："时辰已到，贫僧欲往深林中诵经作法超度几名将至的亡魂，在此恕难久留，即与施主别过！"老头一听，顿时慌了手脚，惊骇道："超……超超……度亡魂？……这……这到……到到……到底是什么地方？"僧人眉目一抬，深沉道："生有生界，死有死国。我佛慈悲，施主其实不必知晓，既来之则安之罢了。"说完，再度双手合十，又向伏地的老头屈身行了个鞠礼。礼毕后，他便向边门移步。见僧人急欲出门，老头赶忙起身去追。我躲在门外，因见两人已双双移步出去，忙也趁机悄悄地跟进室内，而后又从敞开的边门出去。然而这边前脚才刚一跨出门界，便感到从四面八方扑来一股汹汹冽厉的山风。这股挟着尖锐啸音的山风，就像是掐准了时机故意挑在我踏出之时，将门猛地一吸，顿时只听豁喇一声，门一下子被牢牢地关上了，然而无论我怎么使劲地去推、去撞，它还是纹丝不动，彻底推不开了！

回身，逼入眼帘的一派山景令我恐惧，一棵棵擎天巨树直耸云霄，沉沉密密，黑压压的乌云正与灰莽莽的山雾联手，它们把我头顶上方的一片天空罩压得死沉沉的。天公就像个三流鼓手，无情无绪地敲打着它手中的鼓槌，那一声声从天边抛滚来的隆隆雷声全是它击奏出的鼓音。枝头间繁密的树叶一会儿窸窸窣窣，一会儿哗哗啦啦，不时地发出变幻莫测的声响——

　　一场暴风雨怕是就要降临了！

　　我愣怔地站在门外，远远近近的呼啸声在我的耳畔边回荡不迭，这些奇异的声音像是从遥远的密林深处传出来的。眼前的这派景象像是深夜的镜中倒映出的可怖的森林面孔。我向着葳蕤的密林四处张望，僧人和老头统统不见了，连半点影子也找不着，他们就好像被这头巨大的森林怪兽给生吞了，消失得无声无息、无影无踪！我站在这座林子面前，忽然间感到自己仿佛悬立在巨兽的牙尖上，随时可能被一口吞下。我怔了怔，又怔了怔。一腔沁骨入髓的骇惧开始涌向我……前方没有一条路、一幢屋，或者哪怕一只站牌，无依无着的恐惧令我想起老头对僧人的求救。这里确如一座迷宫、一头巨兽的腹内，难怪找不到出路！我怯怯地想着。如果，奇怪的风的呼啸声源自幻听，那随后遇见的磷火一定不是我的幻觉。我一边想，一边往密林深处走去，然而走着走着，在距离不远处的两棵粗树间，只见一小簇浓青色的磷火正在树丛背后跃动，它蹦蹦跳跳，好像一只顽皮的鬼眼精灵。我望着它，那小小的火团有光无焰，如熠熠飞萤，而恰在我望向它的那一刻里，它好像也发现了我，向我这边飘来。我恐惧极了，吓得开始逃奔，我拼命地跑，可脚下一丛丛带刺的矮灌木总是牵拉着我的裤腿，一再发出"唑啦——唑啦——"的异响，它们好像一双无形的鬼手拖拽着我不放，令陷入深深恐惧的我近乎要失声呐喊起来。

密林

第四章

我在午后的密林中奔跑，这午后不像平日你我所常见的那种天光大亮的午后。这午后，被阴云吞噬了活力，这午后会让人误以为它是一天中的傍晚，一个人的暮年。恐惧是我奔跑的动力，它们像在我的腿脚上安装了发动机，并旋至最大限度。树林在我的眼里变成了一蓬蓬模糊的郁绿色，脚下的泥土柔软得像踩在无边的云被上，树叶和百草的气息铆足了劲儿直往我的鼻腔深处钻。我的奔跑是以恐惧和逃离为由的，然而在这座幽深的密林里，跑着跑着，我却感到有另一种无形的力量在驱赶着我，它好像要将我驱至这世界至暗的尽头。该死的磷火还在身后追赶着我，它就像个死缠的幽灵，我越想躲它，越躲不及它，总被它发现。雷声休歇了，又降下了一些水珠，一滴一滴，像雨水，又不像，更像是露水。我跑着，心想这不是雨水，若是雨水，它该与刚才的雷声节奏合拍，势如帘幕般倾泻才对，它们应该是露水，是积留在叶表难承负重后自动滚落下的露滴。

　　我失去了方向，双腿稀软，眼花头眩，彻底跑不动了。我和这团磷火之间的脚力较量，终以我投降而告终。我瘫躺在草地上，躺在湿润的厚厚的草叶上，筋疲力尽地大口喘着粗气。一种即将被耗尽的倦意向我袭来，遍及全身。慢慢地，我失去了知觉，迷迷糊糊中，脑海里飘过了一个念头，我要给筱英打电话，告诉她这里根本没有竹屋，只有一座可怕的迷宫森林，让她千万不要进来。可我无力极了，就连抬手的力气都没有，身体好像一摊烂泥，稀软稀软的。我的手机哪儿去了？不会是摔下楼时弄丢了吧？还是忘在了车上没有拿？一种无法抑制的倦意忽又涌上身来，想着想着，没多会儿，双眼便不受控地慢慢地阖上了……

我在昏暗的廊道里走着，一步一步，眼看快到尽头时，筱英又从另一头跑来，我们一同冲进竹楼，跟着开始遭遇一群疯子的追赶，已经发生过的一幕又出现了！直到我跑到这里嗒然睡去，接下去又一次回到廊道的入口。如此一遍一遍地循环，我就好像进入了俄罗斯套娃似的游戏场景里。我在这些一成不变的场景里重复着同样的动作和台词，并任由摆布，去了回来，再去再回来……回到这条廊道，直到渐渐感到这种诡异的重复好似在向我暗示它背后蕴藏着一个正待破解的秘密。我跑着想着，思绪纷飞……刚才在房间里问路的老头和在廊道里追赶我们的，会不会是同一个人？而那条曲折的廊道会不会就是一条通向平行世界的入口？前者是他的肉身，后者是他的亡魂？在房间里时，僧人说，要去深林中超度亡魂，会不会就是要超度他的亡魂？而那群在廊道和竹楼里对我们穷追不舍的病疯子，全都是死者的怨灵？这里，在这片竹楼里，乃至整个"布洛湾"会不会真如僧人所言，是一处"怨灵之地"？我就这么胡思乱想着，回到这里，回到这处由连环套梦拼凑成的廊道入口，然后一径向前，任由支配，幸而我还尚存一丝意识，这点意识使我感到好像在观摩一场由自己出演的直播秀。

我们在竹楼里跑着，轧轧声滑进了我的耳鼓，这波声浪在此前并未出现，这会儿也不知从哪儿传了出来，声音有点突兀，像从遥远的异世界传出的。"轧——轧——轧——"一声一声……响了一会儿，停了。又过了一会儿，只听"铛——"一声，带着袅袅余音，像钟声，

167

又像铓锣声，杳杳渺渺。我一边跑一边寻找这声音的出处，前方的走廊正在消失，取而代之的是一片焕然刺目的明亮，如同“跑酷游戏”里临近结束的一程。走廊、轨道、桥梁……路障全部消失了，一切终于被光明所替代……我闭上眼，又睁开……前方出现了一间房——一间产房，而我就站在这间产房门前。一个女人正在产床上分娩。在声声撕心裂肺的喊声中，我看见了一个幼小的生命正顶着肉乎乎的脑壳从微微崩开的“地缝”里一点点绽露出来。女人哭叫着，汗水淋漓，喊声忽高忽低……随着一声声脆亮的啼哭响起，一个孩子降生了，血涔涔的脐带从女人的产道里滑脱出来……我向房间走去，随着一点点与他们接近，女人的模样也在我的眼里变得越来越清晰！我看着他们，女人像极了当年的筱英，而那个哭闹不停的小家伙也像我们的孩子。我怔怔地看着他们，一点新鲜又一点陌生，一点兴奋又一点迷惘，恍恍惚惚的。回到这一刻，未能反应，很快一切又都消失了。迈开脚步，继续往前，聚焦在四周的光亮暗淡了，狭直的走廊重又出现在我的面前。此时，筱英也重回到了我的身边。我们又一同跑进楼道里，这是第几趟回头我已记不清了。我重复着原先的台词，然而心里却在疑惑：自己为什么会来到这里？这是哪儿？眼中的一切会不会都是我的幻觉？一连串的疑问在我的脑海里萦绕，盘旋……

直到——

我深深一颤。

醒了！

——远处，停有一辆车。

车灯这会儿正亮着。从草地上坐起身，除了劈面而来的雨水外，我乍一眼看到的便是两束薄茸茸的光亮。它们从幽暗的密林深处透漏出来，在我还没有抵近之时，它们看上去小小的，就好像两朵溺在雨中的金光菊在向我招手。不过，随着我跑向它们，靠近之后，它们的光晕方才逐渐散开，变得异常醒目。脑袋昏懵懵的。我刚才在草地上睡着了，现在终于醒来。也许是受梦中启发，我感到自己可能处在某种未知的险境里，我慌慌地跑着，向着那片光亮奔去……只想赶紧逃离这个鬼地方。脚下，枯脆的落叶被我踩得"咔嚓——咔嚓——"直响。雨下得很急，这会儿，天色看上去像是又更暗了几度，不过若与夜晚相比，似乎还差一些。身后像是有人跟着，有人在跟踪我，我感觉不止一个，可能几个或者更多，这种感觉异常强烈。我一边想，时不时回头望去。雨水胡乱地拍打在我的脸上、身上……除了生疼之外，尽是飕飕的凉意。

睡前是雷暴将至的午后，这一觉醒来怎么就到晚上了？真是奇怪？！喘吁吁地跑到车跟前时，我暗自纳闷儿。

车一动不动地歇停在泥泞的路道上。这一带的树木没有竹楼后面稠杂，一排一排，整整齐齐。车停歇在泥路上，前路不宽。幸好有车！估计这是一辆定点的接驳车。我这么想着，跑到车跟前一看，这辆车竟十分眼熟，再一想，竟和我来时的那辆一模一样！

我怔了怔，急忙又挪上前几步。

再一细看——

车的前后门正敞着，一副等候人来的状态。雨幕之下，这辆车的现身让我感到有些意外，可因为眼看就要天黑，这会儿又下大雨，加上我也迷路了，似乎不上车也不行。我虽然心里犯嘀咕，但也顾不上犹豫，便忙匆匆地上了车。

车里，昏黢黢一片！

驾驶位上坐着司机。这人身穿一件黑帽衫，见我上来，他并无招呼，甚至连脖子也没转一下。他佝着身子，直面前方坐着。然而这种坐姿对我来说，恰是九十度，加上光线昏暗，一时间使我根本看不清他的脸。我继续往车里去，刚走几步，便看到左边坐着个女的，再一看，竟是杨娟红！因是意外发现，心中便很诧异，而这边还没来得及接住她的目光，眼波一滑，无意间又瞥到过道的另一边，座位上是个男的。男人乍看上去面生，再看又觉得面熟，见我盯着他，那人也回睽了我一眼，不过很快他又避开了我的目光，另向窗外望去——

这人好像楼下蒋老太太家的大儿子。怎么他也在这辆车上？我不由感到纳闷儿。

车窗外，雨哗啦啦地下个不停……

这到底是不是之前那辆车，正自纳闷儿，目光已跟随脚步一并向前移动……这会儿，车上的人不多，有一半以上座位都空着。我顺着促狭的过道走去，直到目光至最后连着的一排四人位方才落定。

最后一排坐着两个人。一男一女。两人差不多都是三十出头。逐一看过来，在确认不认识他们后，不知怎么地，我忽又想起来时坐在我后面的人是小丸子，想起当时她一个人坐在我后面，尽对我说些莫名其妙的怪话，说什么她要跟车去一个很远很远的地方……正想着，四顾一望，奇怪，这丫头哪儿去了？怎么没在车上？

走到倒数第二排，在来时相同的位置坐下后，我方才长透一口气。车内的光线暗趆趆的，雨水"噼里啪啦"地拍打在车窗玻璃上。然而雨声虽吵，车里却出奇安静。车上的人个个都不说话，说不出是什么怪异的气氛，好像人人都揣着一份不可告人的秘密似的。又等了一会儿，车里还是没有一点动静，司机一声不吭地坐在驾驶位上，也不知在等什么。眼看天越来越黑，窗外的山风尽在呜呜地怪叫着。顾盼一圈，按捺不住着急的心情，我梗着脖子又向车前方张望，黯沉的光影下，司机的背影看上去就像是一座形状奇异的乌山怪石。

雨水正飞溅进来，昏蒙蒙的车灯直照在路前方。临近路道边的几棵杂树在浓光的蔓染下，呈现出一片黄绿幽幽的光晕。

怎么等了这半天还不开车？我纳闷儿得在心里直嘀咕。

"什么时候开车？"正这时，只听一个瓮声瓮气的声音从前排传了出来。

车里很静，除却窗外哗啦啦的雨声作响，别无他声。

静待了一会儿，见司机并不回应，那个声音忙又高喊道：

"喂！你倒是说句话呀，师傅——"

这一声敦促之后，那团乌魋魋的影子仿佛动了一动，不过依然没

171

有立刻作答。又待了一会儿，只听一个磁沉的声音从驾驶位上不紧不慢地传了出来：

"你们——人都到齐了吗？"

话一抛出，倒也奇怪，无人接应。车里是一如既往的寂哑无声。

"最后上来的那位——"

"……"

"我说，最后上来的那位先生！"

"唔……你是……是在……在和我说话吗？"我蓦地一愣，一时间也没回过神来。

"刘顺先生——"

刘顺先生？！他怎么会知道我的名字？我猛地一凛，又愣了愣，方才纳罕道："呃呃……怎……怎么了……师傅？"

"还有人要上车吗？"依然是那种沉冷的语气。

"……"

我的目光落在满是雨水的车窗玻璃上，心里忐忑难安，然而不等我发声，便听见那团黑幢幢的影子又继续道：

"这是最后一趟班车，如果你们大家确定人员到齐，我就出发了！"

"最后一趟？"我顿时惊讶道。

"对，这是最后一趟可以离开这里的班车！"

"……"

恰正这时——

"喂，我说你这人哪来这么多废话？"后排的女人突然冷凶地将我的话剪断道："你要是想等人就赶紧下去，别在这儿啰里吧唆的耽误发车！"

"……"

我赶忙回头，只见后排的女人正对我翻着白眼。车上无人接应，略顿了顿，我才将原本来到嘴边的问话又咽了回去，我在心里默默重复，心想着这话好像在哪儿听到过，然而想着想着，突然打了个寒噤！

"这是一趟死亡班车！"

"这辆车上每家都会有人死！"

"你是制造这出死亡游戏的幕后坏蛋！"

……

"还有人要上车吗？"冰冷的话音又一次打破了安静。

车上仍无回应。

我的目光这时悄悄转向了右前排坐着的杨娟红，从后面看，她一动不动，人就好像是被定在座位上的一截木头，然后我又向另一排临窗就坐的男子看去，他们身旁的座位正空着。与他们同行一道来的旅伴现在都到哪儿去了？来时，小丸子说，这是一趟死亡班车；在竹楼的房间里，僧人说，布落湾是一处"怨灵之地"；这会儿，坐上这趟回程的班车，该死的司机还在说这种怪话。这到底是怎么一回事？他们说的该不会都是真的吧？先前我所看到的一切难不成全都不是我的幻觉，或者臆想？湖面上的浮影是理发店里的小伙子？山坡上突然失踪的是一楼的蒋老太太？还有小丸子……她人呢？……因想着，脑海里不禁又浮现出那丫头的模样，随着无意间回头，顿时才发现后排坐着的女人有溜圆的眼型，又一想，小丸子便是这种杏核形状，圆而大的眼睛，再看旁边那个男的，嘴唇薄翘，一看便知是个能说会道的家伙，而小丸子不也这副模样？我越看越觉得小丸子和他俩的眉眼口鼻各有几分相似。所以——难道这两人是——？

心头一颤！

所以，没上车的人真的就回不去了？

我有些恍然若悟，然而，免不了又一阵后脊背发凉！

"你不说话，我就当是人员全到齐了！"冷硬的声音继续发声道。

"……"

"刘顺先生，我在问你呢！"黑影像有些不耐烦道。

"问我？车上这么多人，你干吗单……单单就……就……问我？真是莫名其妙！"

"你是最后上来的，其他人我早都已经问过了。"

"哦哦……那那……那你该早说嘛！真是的……"我略略踌躇了一下，吸了吸鼻子，又清了几嗓子，故作镇静道：

"没……没没人了……"

"你确定？"

"当当……当然确……确……确定了！"

话音未落，只听豁喇一声，前后车门突然之间齐刷刷地关上了。

这一猝然关闭使得窗外的雨声立刻变小了许多，车里也更肃静了。晃晃悠悠的，浓光顺着路道两侧漫开，它们是这片昏暗中唯一的亮光。车子徐徐向前，雨水匆匆地沿着车窗玻璃滑落，模糊得让人一时看不

174

清窗外的景象。车跑着跑着，这路面也不知怎么回事，像是间杂着许多碎石，或者大大小小的凹坑，行驶途中一直颠摇不止。然而，这一阵长时间的颠摇竟使得我的两条腿不自觉地也跟着摇颤起来，一波忽至的、难以名状的愧罪感开始蠕蠕地爬上心头。没一会儿，整个人也愈加不安起来，一双手像没处搁似的，空垂一阵，攥握一阵，掌心不停地出汗，并且还是冷汗。为了缓解紧张，我将双手放在腿上，不想这么一搓竟搓出了一点脆沙沙的声音。一时间，我没想起来口袋里放的是什么，便掏出来……而当两张对折的票据才刚冒头，我便又手忙脚乱地将它急塞回去。心，突突跳个不停，觉得自己好像一个正在作案的小偷，额角上的汗珠更是噌噌冒个不停。车子颠摇不止，前赴后继的雨珠在车窗玻璃上翻滚，汇聚后又漫流出了一道道弯弯曲曲的水痕。细碎的光影落映在水纹上，仿佛雨神用它的指尖在创作沙画。看了一会儿，眼皮无意一垂，只见座位的空隙间有东西在发光。伸手一摸，平滑滑的。是部手机？只见屏幕无声地亮着，显示的来电名称是筱英！看着那一丛光亮，我忽然有些不知所措，然而脑海里却冒出一个念头，我希望手机快快没电，要么坏掉最好。我暗自想着，结果那丛光亮果然消失了！然后不管我再怎么重新开机，它也还是彻彻底底的黑屏。一颗心，怦怦地，跳得更厉害了……

　　天是什么时候变黑的，我全然不知。夜晚的进度条像一下子被拉满格了。

　　我悄悄地推开了身旁的车窗。窗外的雨水借着速度和风力卷溅而来，一个劲儿地拍打我的脸上、脖子上、身上……冷刺刺的。我捏着机身的下方，随着将它一点一点地移出窗外，我渐渐感觉密林是一头可怕的巨兽，而我正在给这头巨兽投食。将大半个机身移送出窗沿直至最后一寸后，我一下子将手松开——

"啪嚓——"

窗外，立刻送还回来一个碎裂声！我想象着一堆零碎的部件向四面八方迸射而去，瞬间擦生出一些奇异的火花！那火花会像星星，像萤火虫，像月光下的宝石，又或者像坟头上的磷火……想着想着，又听"霍嚓——"一声，激越的弧光从黑沉沉的夜空中划过！这道弧光亮得惊心刺目，它是此刻最最奇异的风景！只一眨眼间，它便将这座幽暗的密林映照得白亮亮一片！然而，亮给天上，白洒大地。洒在深林里的白，不是白雪的白，也不是炽光的白！这白，白得怪，白得妖，是阴白白的白，是冷森森的白！这白，像闪电把这座林子焚烧过，迁怒于黑夜，憎恶暗夜将这片盎然的万绿吞噬成了暗黑的死色。闪电的华光，带着夺目，带着耀眼，带着一种宁可鱼死网破，也要破除黑暗的力量，干脆把一切摧毁，焚烬，最后余下一堆累累的白骨！只要——它想！霎时，雷声起伏，我听见了！这一波雷声来得更怪，不同于先前的一递一声，这会儿，它囫囵混响成一团，犹如一场酝酿在即的海啸不定时便会从天而降！我朝阴白无边的深林望去，激降的雨水就像一支支银剑疾射而下！骤然之间，我感到这世界变了，变得不像一个真实可信的世界！我盼着这辆车开足马力，我想只要它跑起来，像一匹奔腾疾嘶的烈马那般踏尘而去，它就可以拉着我把这里的一切统统甩掉，将一切踹进至暗的地狱里！

车在提速，我能感到……

白森森的密林撕扯着我，闪电也疯魔起来！路边的柳树顶着一头头枯发似的树冠在暴风雨中摇晃——草木晃，雨珠晃，林子晃，天摇地晃，风摇人晃，心摇神晃，万物无一不在摇晃……失心疯般地摇晃！还有一颗小小的东西在摇晃——隐藏在那里，潜在深处……

——我看见了！

是的，那颗小小的摇晃潜伏在所有巨大的白色摇晃之中，它很不起眼，就像海上暴风雨夜里的点点帆影。这颗东西虽小，但如天边的星，莹莹熠动。然而在一道闪电的劈射下，它好似动了一动，跟着又几下。我擦亮眼睛——像一颗绿松石……远远的，在这座幽白的深林里，好似有一颗绿松石在摇晃！我看着这一点摇晃，感到它好像不单在摇晃，还在移动，在向我们车子的方向移动。它移动的速度很快，一眨眼工夫我就看清了！它不是绿松石，又像是绿松石，它像是从石缝里蹦出的一点奇妙，用你的想象力去看吧！你一定能看得见一个身穿绿裙的女人，正朝我挥手，她一边挥手一边移动，她想搭上这辆车，所以拼命向这边跑来……

风暴中，树影像被掀起的一垄垄海浪，正汹涌地推向她，推向那遥不可及的未知的远方……

雨水模糊了我的视线，凝向窗外，有一瞬间我感到她可能看到了我，她呼喊着我的名字，在雨地的路边叫我无论如何想办法让车停下来等等她！可我视而不见，只远远地望着她，任由她被树浪吞噬，被雨水淋透……她的喊声对于这座葳蕤深邃的密林来说，是幽远的、微弱的。我想起一点事，也许并不是突然想起，而是原本就一直存在脑海里的——我想起昨天报完团后，我被小店老板劝说买下了两份七天人身意外保险，我还清楚地记得小店老板是这么对我说的，他说：兄弟，人得了意外之财，最好往外撒撒！这样老天看你大方，往后肯定还会让你发横财，没准下回让你中个五百万、一千万的大奖！你呀，听我的，赶紧买两份旅游保险，也算变相地散点喜钱，顺便还能让我沾沾你身上的财气，一举两得，多好！

　　那不见的一百块，原来是买旅游保险花掉的，我总算是想起来了！

　　车速越来越快……

　　风的啸音在我的耳边呼呼掠过。阖上眼，我开始默祷，我像童话里卖火柴的小女孩那样开始划亮脑海里想象的火柴——

　　窗外，墨黑一片，雨水涟涟。没有了疾驰的颠摇感，像骑乘在胁生双翼的马背上，驰骋于灿烂的星空之上。一道道闪电像被碾于车轮之下，我们的车子居然飞了起来……

　　云端之上，万物噤声。

没有闪电和雷鸣。多么快乐自由啊！这一刻，风淡淡地、轻轻地吹着……我真想跳一支舞，牵一个乌发飘飘、手足纤削的女孩儿，在这醉人的、用星光织成的地毯上与她慢舞一曲。你看那满天的星斗多像散缀着的一颗颗小珠灯，我和她踩在上面，踩在节奏上，我搂着她的腰，伴着她轻盈的舞步。那舞曲的音乐，是悠悠轻快的曲风，我附在她的耳畔与她打情骂俏，她吃吃地对我笑，笑不停……车在跑，在飞……我随着她的舞步，转啊转，转不停……晕陶陶的……我们就这样腻在一起，任由车飞啊飞，跑啊跑。她格格地笑，我也笑，幸福就像花儿一样遍布在我们的周边。我们在花丛里放纵，从星空丛中走下来，一路歇歇停停，静柔的阳光穿透层层密密的叶隙洒落在她娇嫩的肌肤上。我们开开心心，没所畏忌，任由一蓬蓬一波波的快感潮起、潮退，又潮起再潮退……我们总是笑不停，怎么笑都笑不够……

车一路向前，从环形路道下去又上来，当穿过一条幽长的隧道之后我们的车又开始盘山绕行，前路不变，黑黢黢的，城市的街灯也不知还要再过多久才能出现。

算了，谁有空管它呢！

我憧憬着美好，一种永恒无限的美好。这些美好没有成因，空空洞洞，未被附着以任何形式，它们以虚无缥缈的方式在我心里开花，终又以重生般的欣欣作为奖礼派发给我。一切都是无来由的，无来由的开心，无来由的想象，无来由的幸福，无来由的美好，我沉浸在将一切置于无故的欣快与满足之中，好像我正在前往的是一座流淌着牛奶和蜂蜜的天堂。我笑着，像个酣醉的乐呵呵的傻瓜一样，忘记了一切。车还在开，摇摇晃晃，也不知那个傻子司机还要开多久，他可真是个大傻子呢！

　　前方是幽幽无尽的山路。黢黑连着黢黑，没完没了。该死的，就连宿醉的酒鬼都要醒了，这蠢货居然还没有开到家！

　　"到底还要多久，我说老哥，你该不会是转向迷路了吧？"

　　"……"

　　车里，依然安静。

　　"你倒是说句话呀！

　　"问你话呢！喂——"我终于从座位上站起来，不耐烦地对着车头方向喊去。

　　我感觉这辆车已经开了很长很长时间，也许五六个小时都不止。该死的司机居然连灯都不开，害得人就像在地洞里什么都看不清。

　　"嗳嗳，我说，你干吗老是对人爱答不理的？再这么开下去，只怕天都要亮了吧！"

"……"

我扯起了嗓门儿，然而等了半天依然不见他回话，这家伙怎么跟个死人一样！

"好吧，说不说随你，不过我现在要给你一个必须停车的理由！

"我尿急了！

"劳驾你停靠路边，让我下车方便一下！"

"活见鬼，你该不会是想让我尿在你车里头吧？"

"……"

话到这分儿上还不理人，就别怪我不客气了。我忿忿地一边想着，一边挪出座位向车头方向走去……随着脚步的迈进，视线也比之前清晰。雨刮器正在打摆，急急慌慌的。走至车中间时，只见路旁边是一面巨大的犹如黑镜般的湖泊，这使我吃惊，简直毛骨悚然，我这才想起自己是划船来的，到达之处明明是一座偏僻的湖心小岛，船靠岸时压根儿也没见有能够贯通水陆的渡桥……我记得当时摇桨划船，想着想着，脚步也自然而然慢了下来。

"快了……"

沉冷的话音像一发炮弹空投落地！

"什……什什……什么快……快快了？"我问道。

"呵呵，你刚才说什么？"

"我……我说……说什么？"

"你说见鬼？"那声音又道。

"见鬼？"我纳闷儿了一下，又道，"哦，我是说活见鬼，你该不会是想让我尿在你车里头吧？"

"哧——"一个重踩的急刹声！

车子戛然停住了！

"是的，是要见鬼！"

"什么？！"

"要去见鬼的人——"

"要去见鬼的人？！"

"你们这帮被欲望操控的魔鬼！"

"我……不……不不懂……你到底在说什么？！"

"你们中了神的障眼法！"

"什么？！"

"这是最后一趟班车没错，只不过它是一趟开往阴间的灵车，你们这些家伙将被送去万劫无复的地狱，永生永世不——得——超——生！

"我是来带你们上路的阴间使者，活下来的是留在林子里的人，真正要下地狱的是你们这群在车上的人魔！"

"……"

仿佛只一刹那，车速便被提至极限，人像被吸进了一座幽深无底的黑洞之中，受着剧烈晃动，我感到自己像一颗卷入摇盅里的骰子。车窗突然大开，风雨猛地倒灌进来，所有人都在失声惊叫！车内一片混乱！在一圈圈失控地疯转中，我看见一张张人脸全都失了形，慢慢融化成了一摊鲜红的血泥，这些血泥相互融合，汇聚成了一只胖大血红的"人脸气球"，这些气球不断地壮大，一会儿像三角形，一会儿又呈椭圆形，好像被异物塞得满满，眼看就要被撑破了！这时，只见"人脸气球"突然惊叫起来，直喊不行了，自己的肚皮就快要被撑破了！我惊恐万状，忽然觉得自己好像被无数鬼手提举，扼住了脖子，又好像掉进了万丈深渊里，我大喊着喘不上气来，手拼命地向上够，可怎么也够不着。我感觉我快要死了，只差几口气。然而正当这时，我又看见无数钞票挥动着刺刀般滴血的翅膀向我飞扑，翅膀的周边是层层锋利的锯齿，无数尖利的锯齿刺钻进我的皮、肉、骨，又剁绞着我的身体，一点点地割锉着我，如电击，如火燎，如虫噬，我吓得嗷嗷大叫，任由折磨，一种比痛苦还要可怕的恐惧正在将我肢解！

车，像脱膛的子弹般一边自转，一边疯冲向前……车窗大开，我拽着椅背向窗边爬去……风雨劈打在我的脸颊上，就像一颗颗冰冷的子弹射中了我。脸上、脖子上、身上，浸湿一片，雨水的潮气和从皮肉里渗出的血气正一并涌进我的鼻腔里，我感到自己满头满脸的鲜血……我……我我……就要死了……凭借最后一点气力，支撑着身体爬到车窗边。在无尽的幽黑中，一只枯白的鬼手正从车窗外伸来，可我已无力避让，只能任凭它向着我的心窝中来……

"去死吧！"如雷贯耳的喝声，从天而降。

"轰——嘣——"

一阵巨响，震彻天地！

……

终章

黑夜正在消失，侵晨的光亮终将驱走无尽的黑暗。

风，从暗黑的森林雨夜里走来，一场突如其来的大火将这座森林照亮了。夜空渐透出一片蝉翼般的光泽，它给这里涂抹上了轻盈的一笔。风停了。雨住了。草树木石幻变成了鳞次栉比，一排排高高低低的楼群，丛林里的一只只小动物变成了一个男人，一个女人，一个孩子，又一个老人……林地间的沟沟壑壑，幻化成了城市里的一条条或静谧、或喧闹的街衢巷弄。黎明的曙光紧随其后而来，它将在每日的重启中还原出一座又一座城市的清朗面容。

天亮了。

风，走到围堵的一片人丛中去……它听到了一声接一声的惋叹声，走过去，穿过一道道密集的人墙，风看到一个小女孩无声无息地仰躺在小区河道旁边郁绿的草坪上。小女孩浑身湿漉漉的，一只"樱桃小丸子"的玩偶卧在她的身旁。风认出了她——走向她，抚向小女孩的脸庞，女孩脸上余留的水珠被风的手拂去了，一颗一颗滚落，顺着发丝，顺着脸颊，顺着眼角……点点滴滴地渗落进她身下的草坪里。从人丛中抽退，沉滞了脚步，风静默了一会儿又将目光投向遥远处……这是个初秋的早晨，一个小女孩昨晚落水死了。风知道在它将去的下一处，下下一处……这座城，那座城，无时无刻不在发生着各式各样的不幸。从河道的草坪前抽身，风拖着僵沉的脚步向 19 栋楼走去，它没有忘记昨夜的承诺，然而走着走着，它看到了一辆白色的救护车停在小区门口。它立住了足，久久打转。一个推着婴儿车的老太太从它身前路过。风静守在角落里，又有一个拖着行李箱的小伙子与它擦肩。踌躇片刻，它看见在不远处的梧桐树下站着一个正目送小伙子离去的女人，她背靠在树上，指间夹着半支烟。

风又重启了脚步……来到二楼，站定在楼道水门汀地上，风听见 202 室的门后飘出了一缕话音：

"咱们没有能力留这个小孩，我本来打算今天让你陪我去医院一趟的……"

正听到这儿，话音又好像莫名地断掉了。

风没听到应随而来的答音。

凝在这一刻，风望着小女孩家的房门——如前夜那般，这扇门由一只拖鞋抵着，现在因风的靠近，门一张一翕地活动起来。风想象着正对门的那户人家，想象着此刻面对妻子的丈夫，很可能便是这副木门一样张口无言的神情。风暗叹了口气，然后轻推开小女孩家的门，走进去……随眼一看，墙上壁钟的时针正指向 7:25。

——今天是星期六。风想，如果自己没有犯老糊涂记错的话。

图书在版编目（CIP）数据

黑镜森林 / 朱苑清著 . —北京：北京日报出版社，
2024.12
ISBN 978-7-5477-4841-1

Ⅰ．①黑⋯　Ⅱ．①朱⋯　Ⅲ．①长篇小说－中国－当
代　Ⅳ．① I247.5

中国版本图书馆 CIP 数据核字（2024）第 031408 号

黑镜森林

责任编辑：杜美玉
装帧设计：观止堂_未氓
出版发行：北京日报出版社
地　　址：北京市东城区东单三条8-16号东方广场东配楼四层
邮　　编：100005
电　　话：发行部：（010）65255876
　　　　　　总编室：（010）65252135
印　　刷：安徽新华印刷股份有限公司
经　　销：各地新华书店
版　　次：2024年12月第1版
　　　　　　2024年12月第1次印刷
开　　本：889毫米×1230毫米　1/32
印　　张：6.25
字　　数：150千字
定　　价：58.00元